KB162370

변경 지도

2008 - 2014

변경 지도

초판 1쇄 발행 | 2014년 12월 3일

지은이 | 이상엽
펴낸이 | 조미현

편집주간 | 김수한
편집진행 | 문정민
교정교열 | 정일웅
디자인 | 나윤영

펴낸곳 | (주)현암사
등록 | 1951년 12월 24일 · 제10-126호
주소 | 121-839 서울시 마포구 동교로12안길 35
전화 | 365-5051
팩스 | 313-2729
전자우편 | editor@hyeonamsa.com
홈페이지 | www.hyeonamsa.com

ISBN 978-89-323-1718-2 03810

○ 이 도서의 국립중앙도서관 출판시도서목록(CIP)은 e-CIP 홈페이지(http://www.nl.go.kr/ecip)와 국가자료공동목록시스템(http://www.nl.go.kr/kolisnet)에서 이용하실 수 있습니다. (CIP제어번호:CIP2014033568)

○ 책값은 뒤표지에 있습니다. 잘못된 책은 바꾸어 드립니다.

변경 지도

2008 - 2014

이상엽

변경을 사는 이 땅과 사람의 기록

현암사

차례

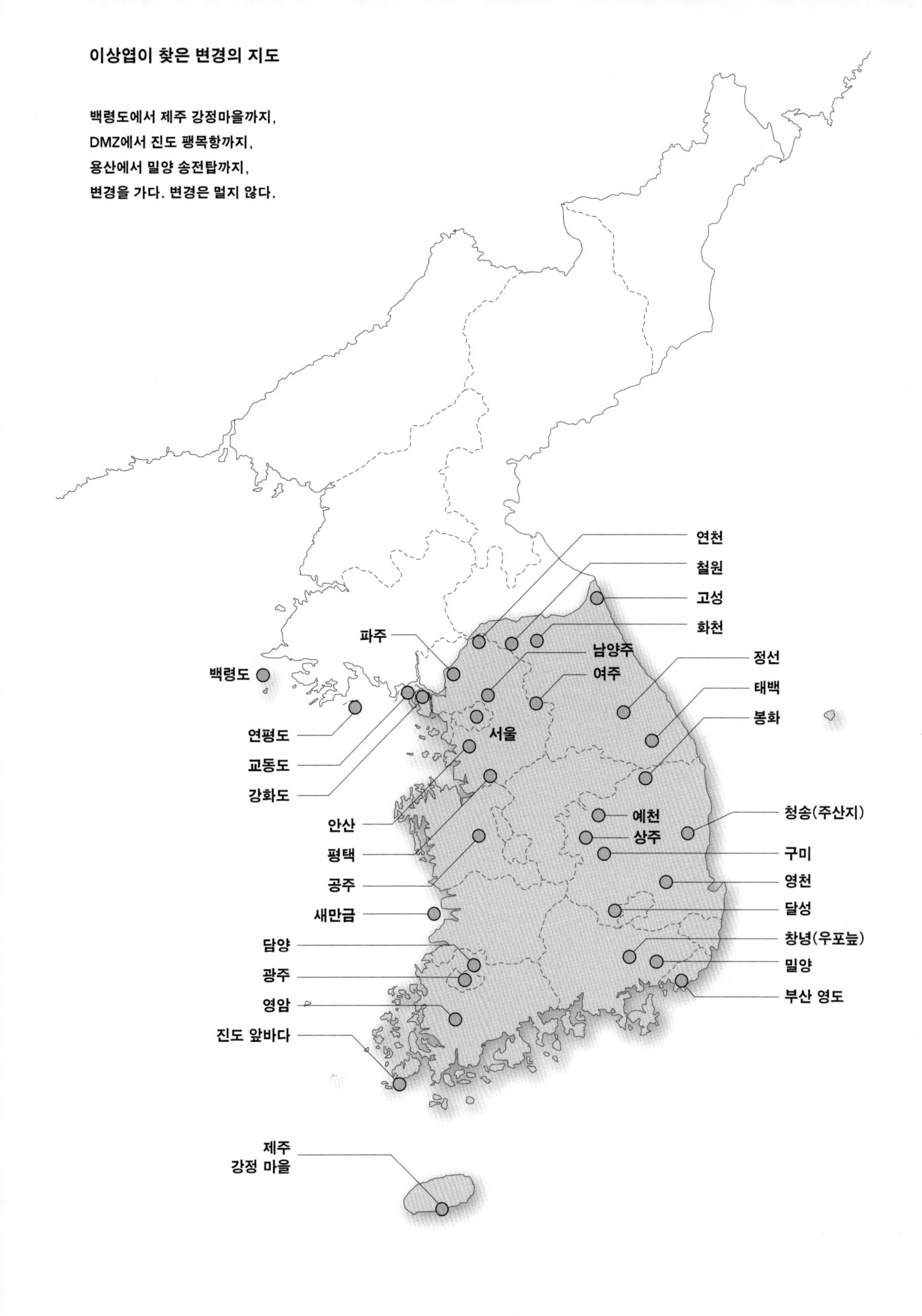
이상엽이 찾은 변경의 지도
백령도에서 제주 강정마을까지,
DMZ에서 진도 팽목항까지,
용산에서 밀양 송전탑까지,
변경을 가다. 변경은 멀지 않다.
연천
철원
고성
화천
파주
남양주
정선
백령도
여주
태백
봉화
연평도
서울
교동도
강화도
안산
예천
청송(주산지)
상주
평택
구미
공주
영천
새만금
달성
담양
창녕(우포늪)
밀양
광주
부산 영도
영암
진도 앞바다
제주
강정 마을

일러두기

1. 이 책은 2008년부터 2014년까지 이 땅을 취재한 기록이다. 지은이가 변경을 찾은 시점을 특별히 밝히지 않은 경우가 많다. 여러 차례 찾기도 했고, 지금도 '변경화'가 계속 진행 중인 곳이 많기 때문이다. 따라서 현재 시제로 썼더라도 글과 사진 속 그곳은 지금과 같지 않은 곳이 많을 것이다.

2. 본문에서 사진 설명은 달지 않고, 따로 책 끝에 밝혀두었다.

3. 외래어 표기는 국립국어원 외래어표기법을 따르되, 대부분의 매체에서 통용되는 경우는 예외를 두어 이를 따르기도 했다.

4. 단행본 · 장편 · 작품집은 『 』, 단편 · 시 · 논문은 「 」, 신문 · 잡지는 « », 영화 · 노래 · 텔레비전 프로그램 등은 ‹ ›로 표기했다.

$S = k \log W$

Bring forth what is true.
진리를 찾아내라.

Write it so it's clear.
분명하게 기록하라.

Defend it to your last breath.
목숨을 걸고 진리를 지켜라.

루트비히 볼츠만

108

프롤로그

›

변경을 찾아서

변경은 내 안에 있었다. 멀고 황량하고 긴장감이 느껴지는 변경. 변경은 바로 우리 눈앞에서 벌어지는 풍경 속에 각인되어 있었다. 변경은 공간적으로만 구축되는 것은 아니다. 변경은 서사를 통해 사람들에게 공통의 경험, 역사적 기억에 관한 의식을 제공함으로써 사회적 관행과 담론 속에서도 구축된다. 그 변경을 가장 발견하기 쉬운 곳은 남한의 북쪽 비무장지대다. 군사분계선 남북으로 2킬로미터씩. 거대한 벨트를 형성한 이곳이 우리의 상식적인 변경이다. 하지만 비무장지대가 비무장은커녕 거대한 무장지대임을 안다. 우리는 철조망과 거대한 콘크리트 장벽을 보며 변경을 실감한다. 멀리 민간인은 들어갈 수 없는 비무장지대는 자연의 장벽처럼 느껴진다.

모든 변경은 역사적이며 인위적이다. 어떤 경계들은 바다나 사막, 산맥, 강과 같이 분명한 지리적 특징에 따라 정해졌기 때문에 '자연적인' 것으로 여겨질 수 있다. 하지만 그 경계들 역시 역사적으로 구축된 것이며 우연적인 것이다. 자연적 국경은 허상이다. 최근 정치권에서 쟁점이 되었던 북방한계선(NLL)은 어떤가? 해상에 그어진 북방한계선은 국제적으로 인정되지 않는 변경이지만 그 선은 마치 오래전부터 존재한 불가침의 신성한 선으로 인지된다. 여기서 변경 연구의 핵심어인 지리적 신체와 국민-국가 개념이 암시하는 것이 있다. 지리적 신체란 시간의 경과 속에서 지속되는 자연스럽고 유기적으로 통합된 영토적인 단위를 말한다. 국민-국가라는 유기적인 신체의 그 어떤 부분이라도 절단하는 것(자연적 경계를 침범하는 것)은 신체의 일부를 절단하는 것과 비슷한 일이다. 그것은 신체의 나머지를 영구히 불완전하게 방치하는 상실로 이해된다. 마찬가지로 물속 깊이 잠겨 있는 이어도 역시 암초가 아니라 현실의 영해 기준이 된다.

내셔널리즘과 국민성이라는 언어는 하나의 국민과 세계의 나머지 사람들 사이에 심리적인 장벽을 만든다. 경계를 설정하는 일은 타자화에 따라 이루어지는 것이므로 이런 이분법은 타자에 대한 불필요한 적대감을 유발하고, 상상된 국민에 부합하지 않는 정체성이나 집단을 주변부나 보이지 않는 존재로 만든다. 국민성이라는 것은 국경을 초월해 상호 이해의 길에 장애를 만들고 개인들에게 하나의 국민국가에 헌신할 것을 강요함으로써 작동한다. 그것은 고립적이고 배타적일 수밖에 없다.

나의 작업은 우리 눈에 보이는 변경을 찾아 비무장지대와 서해 5도, 제주도 강정까지 이어졌다. 그러고 나니 우리 눈에 변경처럼 보이지 않지만 사실은 이미 변경이 된 곳들이 보이기 시작했다. 2009년 철거민들이 세상을 떠난 용산도 그 변경 중 하나다. 재개발 보상대책에 반발하던 철거민들이 경찰과 대치하다가 다섯 명이 불에 타 숨진 사건이다. 경찰도 한 명 사망했다. 이 사건이 벌어진 이유는 용산 개발이라는 거대 자본의 투기적 폭력 때문이다. 용산의 재개발 지역은 변경이며, 철거민들은 게토의 디아스포라들이다. 그들은 개발에 혈안이 되어 있는 자본에게 변경이며 타자다.

4대강은 또 어떤가? 5공화국 이후 잦은 개발로 몸살을 앓는 강을 대대적으로 정비한다면서 속으로는 대운하의 거대 토목공사를 벌였다. 20조 원이 넘는 세금이 투입되었고 소수의 건설 마피아가 이 돈을 챙겼다. 흐르지 못하는 강은 썩어갔고 강 주변에서 살던 이들은 쫓겨났다. 강으로부터 멀리 떨어져 사는

이들에게 이곳은 변경이었고, 문제가 심각해지기 전까지는 돌아보는 이가 없었다. 밀양은 또 어떠한가. 자본의 논리로 만들어진 핵발전소의 전기를 기필코 농민의 땅을 빼앗아 거대한 송전탑으로 전달하겠다고 우긴다. 우리 안의 '심상적 변경'들은 이렇게 자본이라는 구심력에 의해 굴종해 갔고, 저항이라는 원심력 속에 사라져갔다.

우리 사회의 변경화 작업은 땅과 바다, 재개발 지역과 강을 넘어 인간에게도 적용된다. 비정규직 노동자가 그 대상이다. 국가와 자본은 이렇게 이야기한다. "사용자에게는 비용절감 및 노동인력 조정의 신축성을 제공해 주고, 근로자에게는 시간 스케줄, 능력, 기술 수준에 따라서 근로할 수 있게 해주며, 국가 경제 전반적으로는 노동의 효율적 이용과 생산성의 향상을 꾀할 수 있다." 하지만 전 세계 어디서도 이런 효과는 발생하지 않았다. 신자유주의 시대의 비정규직 노동자는 사회 안 어느 곳에 존재하더라도 변경이 됐다. 어디에도 안주하지 못하고 떠돌아야 했으며, 점점 더 가난해졌다. 그들은 더는 생산의 주체가 아니었으며 미래를 꿈꿀 수도 없었다. 최초의 불안정성은 차츰 무겁게 심연으로 가라앉아 중심과 변경의 경계를 모호하게 하며 사회 전체를 유동하게 만든다.

따라서 변경은 끊임없이 늘어난다. 땅에서도 확대되고 사회에서 발생하며 우리의 마음에서도 피어난다. 질서라는 것을 본질로 여기는 중앙은 끊임없이 확대되는 변경을 통제하려 한다. 여기서 중앙은 단지 서울이라는 의미만은 아니다. 그것은 자본이고 오래된 권력이다. 이것들은 질서를 만들기 위해 끊임없이 노력한다. 그들은 이제 신자유주의의 이데올로기를 통해 인간의 행동을 통일시키고 조직한다. 중앙은 예측 가능하고 모든 것이 제자리에

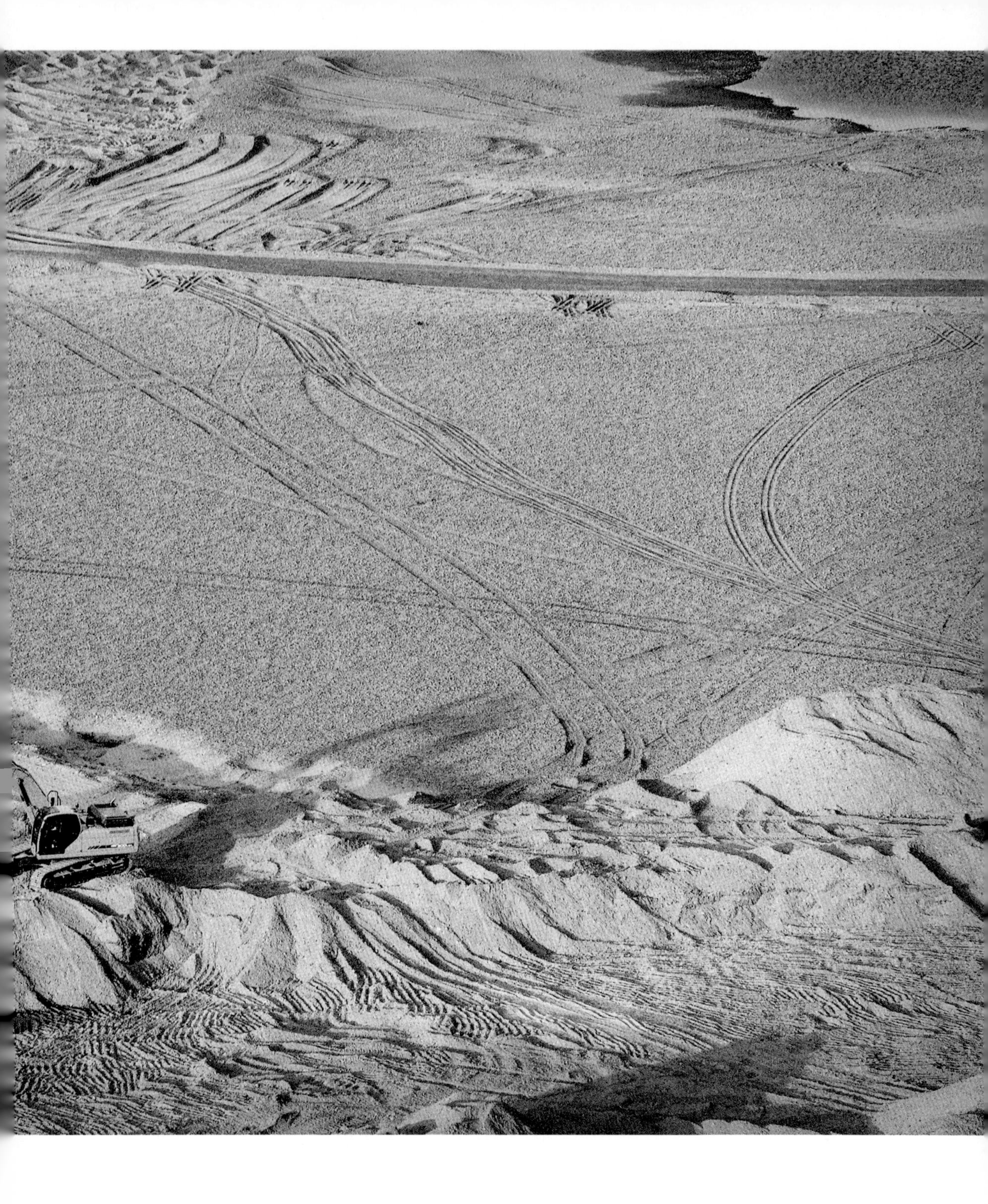

있는 확실성을 원하지만 그것은 변화가 없는 죽은 세상이다. 따라서 지금 자본과 권력이 통제하는 중앙은 외견상 질서정연해 보여도 진짜 세상을 갈구하는 변경에 의해 유지되고 있는 것이다. 어떤 부분의 엔트로피를 감소시키면 다른 부분에서 그보다 더 많은 양의 엔트로피를 증가시켜야만 한다. 그것이 중앙의 구심력을 약화시킨다. 변경은 밖으로 튀어나가려 한다. 엔트로피가 증가하는 것이다. 중앙 자본의 권력은 끊임없이 에너지를 동원해 질서를 잡으려 한다. 하지만 시간의 화살은 모든 것을 질서에서 무질서로 바꾼다. 하나의 세계가 다원적인 세계로 진화한다. 변경은 단지 무질서의 세상이 아니라 새로운 세상을 만들어내는 자궁이다. 변경이 자본과 낡은 권력을 허무는 진지(陣地)다. 변경이 내 가능성의 중심이다.

이 책을 쓰기 위해 2008년부터 오늘까지 많은 거리를 헤맸다. 원래 2013년 초 박근혜 정부 출범쯤에 이 책을 내려 했지만, 조국 교수의 "이명박 정부를 그리워하게 될 것"이라는 불길한 예언이 현실이 되면서 작업은 연장됐다. 그해 말 〈변경〉이라는 이름의 개인전을 열었고, 2014년 초에 발생한 세월호 참사는 내 지난한 고민의 중간 보고서를 제출할 것을 요구했다. 이 보고서 작성을 위해 길에서 만난 수많은 사람들에게 빚졌다. 하지만 그들 중 어떤 이는 이 책을 쓰는 데 자신이 도움을 주었다는 사실조차 모를 것이다. 사진을 찍는 데 많은 아이디어를 준 이들은 이갑철, 김봉규, 박평종, 이한구, 박미경, 박승화, 손문상 그리고 후배 박진영, 정택용, 현린, 김흥구, 최형락, 홍진훤, 이승훈 군과 골방 세미나팀이다. 그리고 관대하게도 오늘도 사진가로 살 수 있게 표상이 된 강운구 선생님, 육명심 선생님, 김문호 선배가 있다. 거리에서 만나 내가 서 있는 지점이 바로 변경임을 일깨우며 글을 쓰게 한 홍세화 선생님, 문규현 신부님, 지율 스님, 조돈문 선생님, 이남신 소장, 임순례 감독, 이문재 선배, 시인 송경동, 기륭 김소연, 재능 유명자 그리고 쌍용과 콜트콜텍 해고자, 용산 미망인, 강정의 활동가, 밀양의 할머니와 노동당의 동지 들이 있다. 이 책을 만드는 데 김수한 주간의 공이 크다. 계약 후 2년 넘게 원고를 기다렸다. 실제 이 책을 편집하는 데 노력을 아끼지 않고 내 글과 사진을 사랑해 준 편집자 문정민과 디자이너 나윤영, 현암사에 감사를 전한다. 그리고 마지막으로 나의 가족 홍혜경과 현우, 은지, 은우가 있다. 삶에 대한 끊임없는 지지와 도움에 헤아릴 수 없는 감사를 전한다.

I

›

멀리도 돌아 왔다. 이십 대 후반 카메라를 잡아 거리에서 다큐멘터리 사진이라는 것을 시작한 후, 무엇에 홀렸는지 삼십 대 중반은 해외로 떠돌았다. 아시아 지역 대부분을 돌아다니며 인간의 피와 땀과 눈물을 발견했고, 그들이 켜켜이 쌓아온 역사를 봤다. 그리고 마흔 중반에 다시 우리 땅을 돌아봤다. 우리 땅 역시 그네들의 땅과 별반 다르지 않았다. 여전히, 그래서 나의 우리 땅 작업은 동네에서 시작된다. 멀리 갈 필요 없이 바로 내가 기록해야 할 대상이 옆에 있었다. 만들어진 아름다움에 감추어진 신음하고 소외된 우리 땅을 톺아보려 했다.

어느 날, 우리 동네에 높은 장벽이 생겼다. 흔히 재개발 지역에서 '가림막'이라 불리는 것이다. 처음에는 철제 파이프 골조를 세우고 두꺼운 천으로 포장한다. 그리고 철거가 끝나면 그 자리에 철제 벽을 세운다. 동네 주민이나 지나가는 이들은 가림막 안에서 어떤 일이 벌어지는지 알 수 없다. 서울 금호동 재개발 지역이 내 동네다. 거대한 가림막 멀리 아파트가 솟아 있다. 오래된 동네가 사라지고서야 이 막들을 거둘 것이다. 그 자리에는 최신형 아파트와 외지인들이 들어오고, 원래 이곳에 살던 사람들은 사라질 것이다.

동네를 산책하다 보니 경주에서나 보던 봉분처럼 거대한 구조물이 솟았다. 그 주변은 거대한 집들의 무덤이다. 아직 살만 한, 아니 멀쩡한 집들도 보상이라는 명목으로 헐려나간다. 집은 사는 곳인가? 아니면 부의 획득 수단인가? 가림막의 안쪽은 거대한 폐허다. 그 폐허 속에서 소곤거림이 들린다. 아직도 이주하지 못한 세입자들의 두런거림이다. 지나가는 이는 불안하다.

그 가림막은 거대한 성벽이었다. 철제 벽은 세상을 나눈다. 도저히 넘을 수 없을 것 같은, 이스라엘과 팔레스타인을 나눈 저 거대한 장벽처럼 말이다. 내가 살고 있는 서울 강북에는 이렇게 거대한 가림막이 수없이 솟아 있다. 성북, 왕십리, 마포, 용산… 가림막은 비밀스럽게 뭔가를 준비하다가 마술처럼 최신식 아파트를 내보인다. 하지만 그 집들은 누구나 가질 수 있는 것이 아니다. 마포를 지나다 보니 거대한 빈 땅은 집이 모두 헐리고 한 채만 남았다. 그 옆의 가림막 뒤로는 새 아파트들이 솟아났다.

마술처럼. 하지만 그 집들은 동네 사람들 몫이 아니다. 그들은 떠나야 한다. 협박과 폭력을 집어넣어 탐욕의 아파트를 꺼내는 추악한 마술이다.

가림막 안으로 들어간다. 딴 세상이 펼쳐진다. 이스라엘의 거대한 장벽을 통과해 팔레스타인 가자지구로 들어온 느낌이다. 건물들은 폭격을 맞은 듯 처참히 부서져 있고, 멀쩡해 보이는 건물에는 붉은색 스프레이로 "빨리 꺼져라! 죽고 싶지 않으면" 따위의 흉측한 낙서들이 있다. 땅이 있어야 하고, 능수능란하게 조합을 운영해야 하며, 철거 깡패를 동원해 세입자들을 쫓아낼 정도로 강심장이 있어야 비로소 자신의 것이 된다. 바로 그때까지 가림막이 필요하다.

산동네 좁은 골목을 한참 올랐다. 한눈에도 터가 좋다. 한강이 멀리 보이는 명당이다. 이런 곳에 살 사람은 따로 있다. 예전에는 못사는 이들이 지대 높은 달동네에 살았다지만 세상이 변했다. 전망 좋은 높다란 곳은 돈 있는 이들이 살고 다닥다닥 복잡한 저지대는 이제 돈 없는 이들이 산다. 그 저지대로 스며든다. 섬뜩하다. 여기는 범죄 현장일까? 아니면 고고학 발굴 현장일까? 주민들이 떠난 철거 현장은 공포가 감돈다. 카메라를 들이대는 내 가슴은 경련한다. 삶의 현장에서 몰려난 이들의 마음이 이곳을 여전히 맴도는 것일까? 등 뒤를 누군가 툭 치고 갈 것 같아 불안하다. 주변을 돌아보니 용역업체 직원들의 손놀림이 바쁘다. 쿵쿵거리며 포클레인들이 건물을 통째로 쓰러뜨리고, 고물상들은 쓸만 한 알루미늄 창틀을 뜯어낸다. 하지만 전쟁터 같은 이 현장이 며칠 지나면 일상이 된다. 이 핑음이 일상이 되는 그 절망이 두렵다. 그 길들임이 두렵다. 하지만 아비규환의 현장에도 사람이 살고 있다. 아직도 이주할 곳을 찾지 못한 세입자다.

"여전히 여기 사세요? 이사 안 가요?"
"우리라고 여기 살고 싶나. 내가 여기 20년을 살았는데, 이제 어디로 가나. 돈이 있어야지."
"그래도 너무 위험해요. 관청에선 뭐래요?"
"좀 더 기다려 보래. 보상이라도 나오면 근처로 이사 가래."

박분자(72) 할머니처럼 월세 15만 원을 내며 살던 독거노인은 갈 곳이 없다. 그런데 금호동에도 묘한 철거 난민들이 있다. 박스집이라 불리는 가게의 여성들이다. 도시 노동자들의 룸싸롱이라 불리는 박스집은 아가씨 한둘에 맥주를 박스째 놓고 마시는 곳이다. 서울에 오래 산 사람은 다 아는 산동네인 금호동은 도심에서 가까워 일용직 노동자들이 대거 밀집해 살던 곳이다. 그곳이 전망이 좋아 재개발의 붐을 타고 아파트가 곳곳에 섰다. 저 재개발의 가림막 안에서 마지막 필사의 영업을 하는 박스집 간판이 반짝인다. 박스집에서 웃음 팔던 '언니'들은 다들 어디로 갔을까?

뉴타운 사업은 지난 2002년 이명박 당시 서울시장의 임기와 함께 시작됐다. 뉴타운이란 기존 재건축·재개발 구역을 지역 단위로 묶어 신속 추진한다는 의미로, 정치적 수사에 가까웠다. 이명박 시장은 취임 직후 길음·은평·왕십리 세 곳을 뉴타운 시범사업지구로 선정한 뒤 이듬해 추가로 열두 곳을 2차 사업지구로 지정했다. 그 결과 서울에만 총 스물여섯 곳의 뉴타운과 아홉 곳의 균형발전촉진지구(상업지형 뉴타운)가 지정됐다. 서른다섯 곳 가운데 서른세 곳이 이명박 서울시장 때 지정됐다. 서울시 전역을 '노가다판'으로 만들었다고 해도 과언이 아닐 것이다. 뉴타운 열풍은 2008년 18대 총선 때 수도권의 승패를 가르기도 했다. 당시는 사업지구로 지정만 되면 부동산 자산가치가 폭등해 너나 할 것 없이 추가 지정을 요구하고 나선 상황이었다. 18대 총선에서 한나라당은 서울 마흔아홉 개 지역구 가운데 마흔 곳을 싹쓸이했는데, 이중 절반이 넘는 스물세 명이 뉴타운 공약을 내걸고 당선했다. 선거가 끝나고 열풍은 곧 '역풍'이 되어 돌아왔다. 2008년 글로벌 금융 위기와 부동산 경기 침체로 아파트 거래가 뚝 끊어지는 등 재개발 사업은 더 이상 매력적인 자산 증식 모델이 아니었다. 시범지구에 들어선 미분양 아파트가 2억 원 가까이 덤핑 판매되는 등 뉴타운은 하나둘 멈추기 시작했다. 2011년 4월 당시 김황식

국무총리는 "뉴타운 사업은 현재 시점에서 볼 때 실패한 정책"이라고 말했다.

포이동 266번지에서 바라보는 타워팰리스는 묘하다. 실체가 아니라 허상인 양, 신기루인 양 보이니 말이다. 양재천을 두고 양편에 극과 극으로 대비되는 '집'은 동시대의 것이 아닌 듯하다. 2011년 6월 12일 발생한 화재로 강남구 개포동 1266번지(구 포이동 266번지)에 살던 가난한 주민들의 집이 대부분 불에 탔다. 이 불로 아흔여섯 가구(거주인원 189명) 중 일흔다섯 가구(100여 명)가 집을 잃었다. 처음에는 이 불이 방화가 아닐까 했지만 초등학생의 실화(失火)로 밝혀졌다. 그나마 분노할 곳을 찾지 못한 주민들은 절망할 수밖에 없었다. 하지만 하루 이틀 지나면서 이 폐허의 잔해로 사람들이 몰렸다. 그들의 상처를 기꺼이 함께 하려는 청년과 지역 진보 단체 들의 손길이었다. 그들은 함께 잔해를 치우고 이야기를 들어주고 재건을 돕겠다 약속했다. 하지만 구청과 경찰서는 이들을 외부 세력으로 간주하고 새롭게 재건축하는 것을 불허했다. 그리고 주변 반지하 셋방을 알선하겠다고 했다. 포이동 금싸라기 땅에 다시 주민들이 둥지 트는 것을 어떻게든 막아보겠다는 심산인 것이다. 인간에게 집은 중요하다. 하지만 맘 편히 다리를 뻗을 수 없는 이들이 서울 하늘 아래도 무수히 많다. 사람이 쉴 수 있는 공간이 아닌, 집이 집으로 대접받지 못하고 재산 증식 수단으로 전락한 요즘은 포이동 266번지 사람들보다 큰 집에서도 불행하게 사는 사람들이 많은 세상이다.

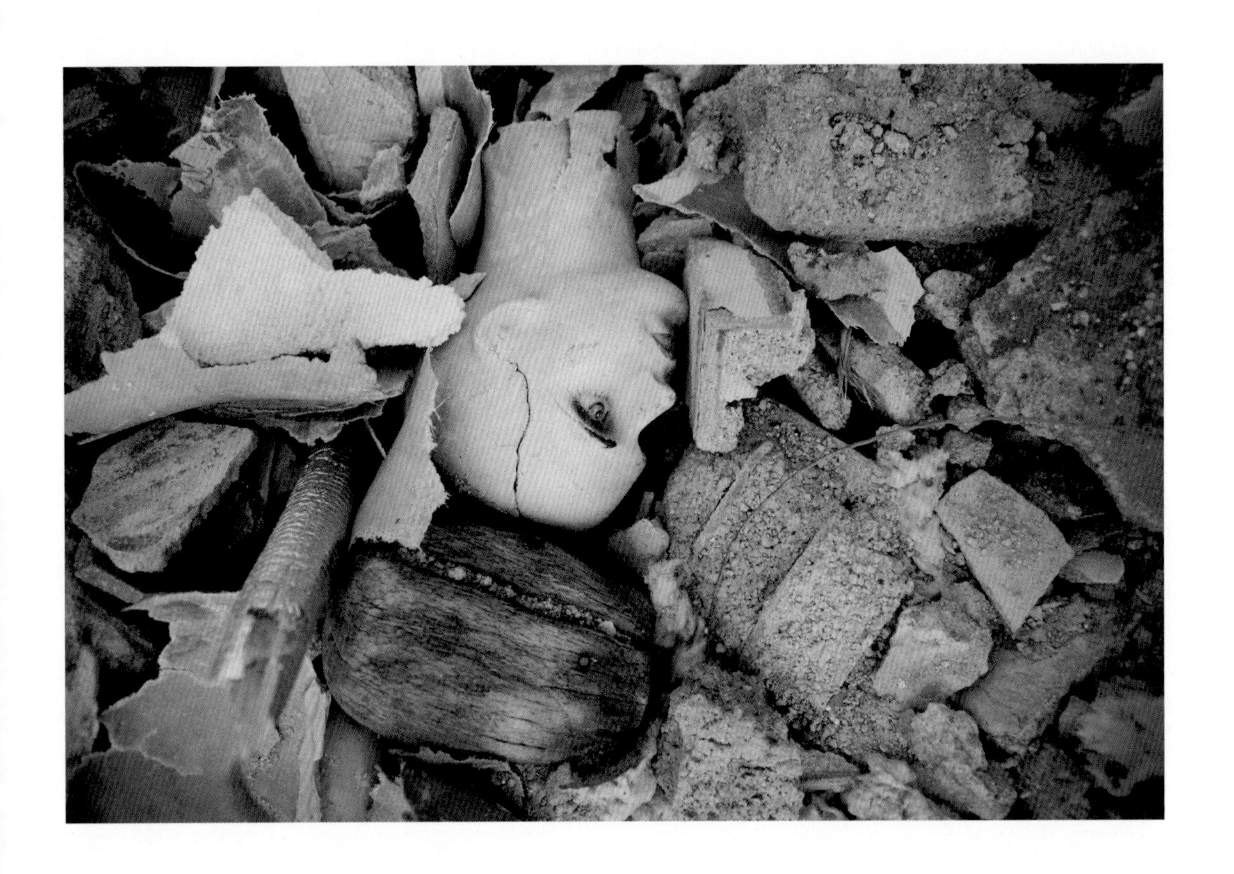

태양장

타인의 고통 앞에서

›

내가 처음 사진을 찍던 무렵인 1990년대 초반은 민주와 독재의 중간 어디쯤이었다. 이런 시대에 사진을 찍던 자들은 '사회적 책무'를 회피할 수 없었다. 그래서 모두들 아스팔트를 스튜디오 삼아 작업했다. 낮에는 방독면을 챙겨 돌과 화염병이 난무하는 거리에서 사진을 찍었고, 밤이면 암실에서 필름을 현상하며 사진사 책을 읽었다. 자의반 타의반으로 사회 사진가로 부류된 자들을 제외한다면 아마 사진 역사상 가장 적극적으로 사회 변혁을 꾀했던 이는 루이스 하인Lewis Hine(1874~1940)이었을 것이다.

사회학자였던 루이스 하인은 대학에서 강의할 때 필요한 교재를 만들기 위해 사진을 찍었다. 뉴욕 항 앞에 있는 앨리스 섬으로 들어오는 이민자들의 초라한 모습에서부터 엠파이어스테이트 빌딩을 건설하는 위험천만한 노동자들의 모습까지 그의 관심은 도시의 최하층을 구성하는 사람들의 모습이었다. 이중에서도 루이스 하인의 대표작은 노동하는 아동들을 찍은 사진이다. 석탄을 캐는 광산에서, 실을 뽑는 방직공장에서, 그는 셔터를 눌렀다. 당시 뉴욕 주민들에게 그것이 일상이었다 해도 그것은 고쳐야 할 사회적 문제였고 변화해야 할 시대였다. 결국 그의 사진은 미 의회에서 아동노동금지법을 만들게 하는 근거가 되었다.

사진의 역사를 보면, 비단 루이스 하인뿐 아니라 미학적인 예술 사진 반대편에 서서 사진을 사회 변혁의 도구로 삼은 무수한 사진가를 발견할 수 있다. 카메라를 들고 분쟁 현장과 고통스러운 인권 탄압의 현장으로 뛰어든 이들은 왜 자신의 사진을 사회 변화에 바쳤을까? 물질적 보상은 턱도 없고, 스스로 고통으로 무너져갔음에도 말이다. 그것은 사진가들이 현장에서 목격한 것을 사진으로 옮길 때 필연적으로 획득할 수밖에 없는 도덕적인 책무 때문이었을 것이다. 정치권력과 자본은 이미 자신들을 홍보하고 정당화할 매체를 갖고 있다. 수많은 신문과 잡지, 방송이 그러할 것이다. 하지만 노동자, 농민, 도시 빈민에게는 그런 매체가 없다. 그래서 그들을 대변할 사람이 있어야 했고, 사진가들이 그 역할을 자임한 것이다.

하지만 신자유주의와 글로벌 네트워크 시대라는 요즘은 그렇지 않다. 수전 손택Susan Sontag(1933~2004)이 이야기하는 '타인의 고통'은 외면당하고 있다. 혹시 나도 그런 고통을 당할지 모른다는 불안함은 오히려 현실에서 소유할 수 없는 행복한 이미지에 대한 천착으로 나타난다. 잡지에는 고통받는 이웃에 대한 기록 대신 명품 광고가 넘치고, 인터넷 사진 갤러리는 아름다운 사진들로 가득하다. 하지만 이런 현상은 중독이다. 결국 아름다운 이미지들이 중단되고 현실이 찾아오는 순간 우리는 금단 증상과 함께 공포를 체험하게 될 것이다. 건강하게 자신을 돌아볼 기회를 잃는 것이다.

루이스 하인 1874.9.26 ~ 1940.11.3
미국의 다큐멘터리 사진가. 미국 사회 기록사진의 선구자로 평가받으며 특히 아동노동의 참상을 사진으로 담았다.

1062

불타는 용산 연대기

›

그날 우연히 무언가에 이끌려 용산으로 발걸음을 한 지 오랜 시간이 흘렀다. 참 오래됐고, 참 고약하고, 참 아픈 사건이자 기억이다. 사실 장례식이 있던 그날, 가기 싫었다. 무슨 사건 마무리 사진을 찍으러 가는 것도 아니고, 굳이 가야 하나 했다. 많은 사람들의 시선을 받는 곳은 내가 갈 곳이 아니라고도 생각했다. 하지만 가지 않으면 두고두고 후회할 것 같아 무거운 발걸음으로 용산으로 향했다. 눈까지 내린다. 가는 길, 무수한 눈꽃송이가 아쉬움을 전하는 듯하다. 이런 일 다시 없길, 이 땅에서 가진 것 없다는 것이 죄가 되는 일 없길. 빌고 또 빌어 본다. 그저 기록으로라도 남기고 싶은 마음이다.

서울 용산구 한강로 3가 63-70번지. 경찰차가 가림막을 대신하고 있다. 이곳에서 철거민 다섯 명이 불에 타 숨졌다. 이제 가림막은 죽음도 은폐한다. 가림막은 사람이 살아가는 거주지가 아니라 투기 대상으로 집을 여기는 자들을 위해 마무리 서비스를 하고 있다. 그 서비스는 참으로 잔인하고 몰염치했다. 용산 철거민 학살 현장에는 또 다른 가림막이 있다. 그 가림막은 살아 있다. 바로 국가 공권력이라는 가림막이다. 사건 현장은 볼 수도 없게 전경 버스로 가로막혀 있고, 골목 곳곳은 투구를 쓰고 방패를 든 전경들에 의해 막혀 있다. 용산 재개발 지역을 감춘 가림막 위로 국화가 피었다.

가림막이 거대한 구호로 가득한 화판으로 변했다. 그들의 소망은 다시 아프게 새겨진다. 그들을 잊지 않는 것은 단지 슬퍼서가 아니다. 이 도시에서 살아가고 있는 수많은 이들의 기시감이기 때문이다. 21세기, 여전히 우리 주변에는 가림막 안쪽에서 별을 헤는 난쟁이들이 있다. 가림막이 세상을 나눈다. 멀쩡한 것과 부서진 것, 소유한 것과 소외된 것. 이 불안함은 모두의 영혼을 잠식한다.

가난한 이의 억울한 죽음 위에 세워진 궁전에서 편히 잘 수 있는가? 이 불쌍한 영혼들이 떠도는 용산 땅에서 발 뻗고 쉴 수 있는가? 사과의 손을 내밀라. 그들은 단지 자신에게 있던 얼마 안 되는 것을 지키기 위해 싸웠다. 하지만 그것을 빼앗아 수십 수백 배의 이익을 누리려 했던 이들은 무엇이 그리 당당한가? 하지만 변한 것은 없다. 은폐와 뻔뻔함만이 쓸쓸히 돌아온다. 잊지 말아야 할 것을 잊지 않기 위해 노력하는 이들이 여전히 많다. 양심은 깨어 있고, 우리는 여전히 미안해해야 한다. 침묵은 공범이다.

돌아가신 고인들의
것은 죽음이
지금은

2009년 1월 19일. 남일당 건물 위의 가건물. 건너편 경찰특공대. 조용한 전쟁 준비. 1월 20일. 철거민 점거 농성장 경찰 진압. 철거민 5명 사망, 경찰 1명 사망, 20명 부상.

2009년, 용산철거민 참사 범국민대책위원회(이하 용산범대위), 남일당에서 용산 참사 한 달 추모문화제. 시민단체, 서울 도심 곳곳에서 산발적인 용산 참사 추모집회. 용산범대위, 명동성당서 시국농성 돌입. 유족들 남일당을 나와 도심에서 시위. 용산 참사 1심 공판 선고, 농성자 7명에게 징역 5년~6년, 2명에게 집행유예.

2009년, 용산 참사 해결을 촉구하며 단식농성을 하던 문규현 신부 의식불명. 천주교계 "정부, 용산 참사 빨리 해결해야" 대정부 성명 발표. 국제앰네스티 아이린 칸(Irene Khan) 사무총장 용산 참사 유족 방문. 아이린 칸 사무총장 "정부, 용산 참사 유족과 적극적으로 대화하고 해결책 제시해야" 주장. '작가선언 6·9', 용산 참사 헌정문집 펴냄. 12월 30일, 용산 참사 근 1년 만에 극적 합의. 용산 참사 철거민 민중열사 범국민장 장례위원회 발족. 희생자들의 장례식을 사회 각계각층이 참여하는 범국민장으로 엄수키로 밝힘. 유족들, 서울 용산구 한남동 순천향병원 장례식장 4층에 빈소 마련. 정운찬 국무총리 조문 "재개발 정책 잘 고치겠다"고 말함.

2010년 1월 9일. 남일당 앞, 용산 참사 희생자 5명에 대한 범국민장 엄수.

2012년 5월. 용산참사 당시 부상을 입은 3명에게 국민건강보험에서 통지서 발송. 국민건강보험공단은 "고의 또는 중대한 과실로 인한 범죄 행위에 기인하거나 고의로 사고를 발생시킨 때에는 보험급여를 하지 아니한다"는 국민건강보험법 48조 1항의 규정을 들어 용산 참사 관련자 3명에게 합계 334만 9000원의 의료보험료를 환급하라고

통보. 용산 참사가 벌어진 지 3년 3개월여가 지난 시점.
끝나지 않았다.

2009년 용산 참사를 다룬 영화 ‹두 개의 문›이 화제였다. 뜨거운 찬반 양론 속에서 장기 상영했다. 나는 ‹두 개의 문›을 이렇게 생각했다. 누구나 지날 수 있는 ‘인간의 문’과 1%만이 통과할 수 있는 저 마천루 위의 ‘자본의 문’이라고. 그리하여 인간이 가진 상승 욕망은 아무나 가질 수 있는 그것이 아니라는 것을 국가 폭력이 가르쳐줬다고. 참고로 영화 ‹두 개의 문›의 문은 남일당으로 들어가는 두 개의 문을 이야기한다.

풍산권투체육관
792-3653 관원모집
수선
삼겹살
깡통집
갈비살
경찰

念力氣功世界總本院
트레비 2F
J&B
POLICE

용산참사 해결
약속을 즉각 이행하라
경찰
POLICE

그리고 시간이 흘러 다시 그곳에 갔다. '용산 참사'가 벌어진 남일당 건물이 있던 그 자리다. 오늘의 그 자리는 그저 공터일 뿐이다. 푼돈이라도 벌어 볼 요량으로 임시 주차장이 됐다. 국가 폭력의 거대한 그림자는 한낮의 폭염으로 지워진 지 오래된 듯하다. 지루한 듯 매미 소리만 정적을 깨뜨린다. '용산 참사'를 참으로 간결하게 정리한 사람이 집권 새누리당 국책자문위원으로 영입됐다. 조현오 전 경찰청장이다. 그는 이렇게 말했다. "언론에서 용산 참사라고 한다. 뭣 때문에 참사라고 하는가? 많은 사람이 죽었기 때문이다. 경찰이 불을 질러서 죽었나? 시위대가 경찰 못 들어오게, 경찰 죽으라고 신나 붓고 휘발유 붓고 화염병 던져서 그런 것이다. 이렇게 사실을 왜곡시키려 한다. 그것이 현실이다." 폭력에 치가 떨린다. 그럼에도 우리가 서울 한복판 용산에서 벌어진 참사를 외면하는 이유는 뭘까? 그들의 고통을 함께 나누지는 못할지언정 그것을 외면한 이유는 뭘까? 그것은 바로 자본에 중독되어 사물의 본질을 올바로 볼 수 있는 능력을 잃어버렸기 때문이다. 그들의 행위는 이제 어떤 이유를 댄들 우리들의 소유 본능에 반하는 행동일 뿐이다. 그들을 옹호하는 순간, 우리는 무엇인가를 잃어야 한다는 공포감에 휩싸인다. 바로 용산은 예술로 따진다면 '반미학'의 저편에 놓여 있는 것이다.

다시 사진의 사회적 책임을 이야기하자. 늘 기존의 미학에 대항하고 새로운 미학적 관점을 세우기 위해 아방가르드 역할을 해온 것이 사진이라면 그 '반미학'의 현장으로 달려가는 것이 이 시대 사진 찍는 사람들의 역할이다. 그리고 그 사진을 통해 사회를 변화시키기는 힘들다 해도 소통의 역할을 해야 한다. 그러한 소임이 끝난 먼 훗날 미학적 관점에서 다시 평가될 것이다. 루이스 하인의 사진이 그랬던 것처럼.

용산 재개발 사업이 청산 절차에 들어갔다(2013년). 망했다는 것이다. 그 '학살의 밤'이 지나고 나는 불길한 느낌에 몸을 떨었다. 벌써 5년 전 일이다. 이제는 누구나 아는 그 죽음의 불바다 속에서 일확천금을 노렸던 자들은 무엇을 또 벌이고 있을까?

장안약국
PC
PLUS

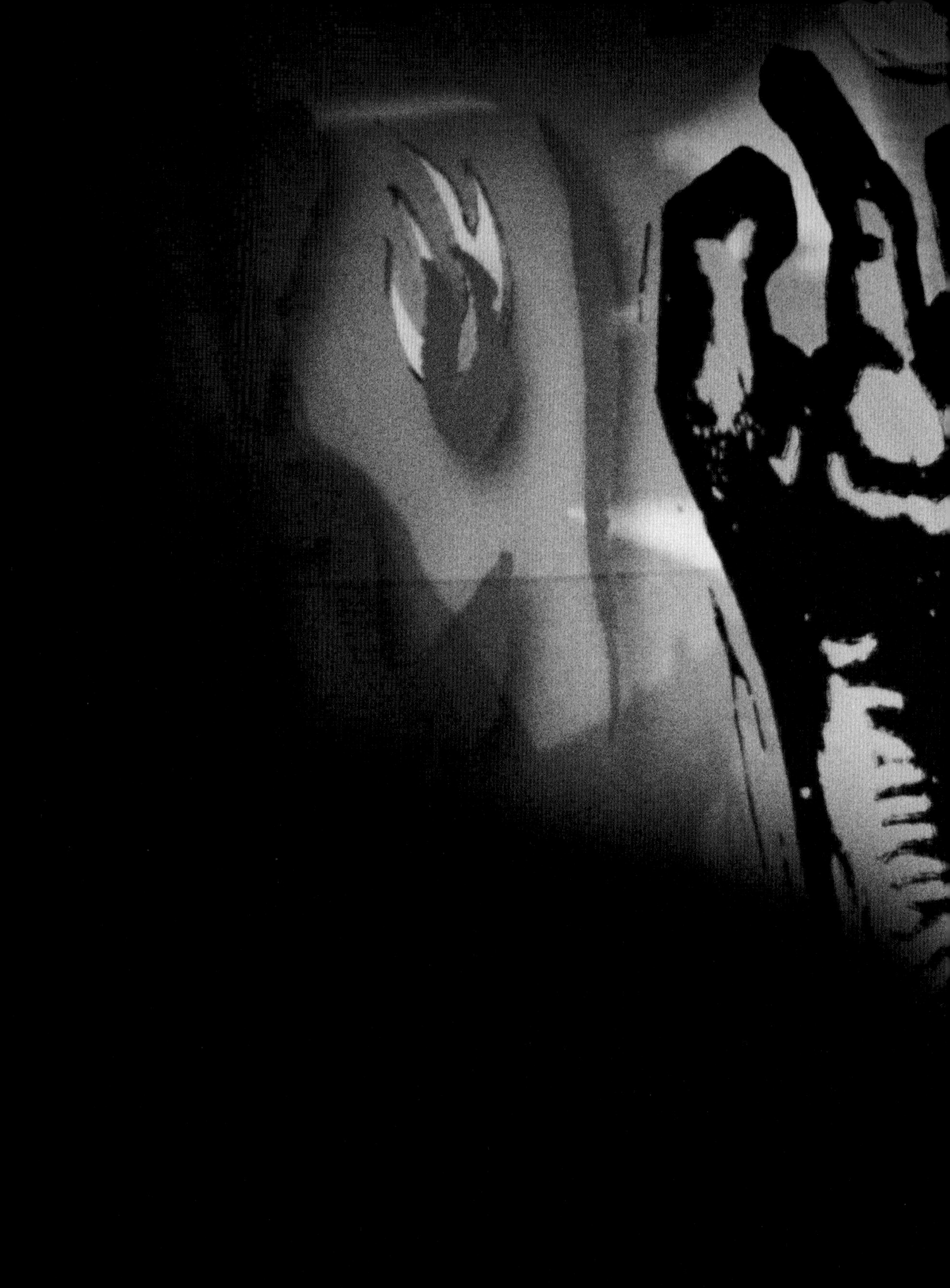

이명박정권퇴진
용산철거민
살인진
국민추

기묘한 사막에서

›

여수에서 김포로 올라오는 비행기에서 서해를 본다. 복잡한 해안선과 수많은 섬이 점점이 박혀 있어 지루하지 않다. 그리고 머릿속 지도를 꺼내 눈앞에 보이는 곳이 어딘지 유추한다. 멀리 바다에 직선이 그어져 있다. 선의 두께는 가늠할 수 없는 일차원이다. 바다 사이 섬들이 징검다리로 이어져 있는 이곳이 새만금이다. 아래로는 만경강과 동진강이 바다로 흘러가며 거대한 갯벌을 만든다. 그리고 방조제는 야미도, 신시도를 관통한다. 그 뒤로 선유도, 무녀도, 고군산군도, 방축도가 열을 지어 있다. 카메라를 꺼내 초점을 맞춰보니 갯벌 사이로 수많은 도로가 이어진다. 군산 쪽 맨 땅이 더 드러난 것을 보니 개발의 지점과 속도가 느껴진다. 아니 내 귓속으로 거대한 공사 소음이 들리는 듯하다.

몇 년 지나지 않았는데도 잊힌 곳이 있다. 그곳, 전라북도 부안군 계화도 앞 바다에 섰다. 바다가 멀다. 썰물 때처럼 먼 바다는 갯벌을 사이에 두고 멀찍이 물러서 있다. 물이 빠져나간 갯벌은 예전의 그 갯벌이 아니다. 사막이다. 염생식물은 낙타풀 마냥 제멋대로 이곳저곳에서 자라고 소금 섞인 모래먼지가 가끔 돌풍을 일으킨다. 고비 사막과 타클라마칸 사막을 돌아다녀 본 경험으로 보건대 이곳은 사막이 맞다. 하지만 내 발바닥 밑에는 수많은 조개껍질과 바짝 마른 생선들이 뒹굴고 있다. 사막은 맞되 기묘한 사막이다. 시인 김선우는 새만금 뻘을 이리 노래했다. "이 틈이 좋아요 / 내 살과 당신의 살 사이, 서로 다른 육집의 신선한 향내 / 뭍으로도 가고 바다로도 가는 / 여기는 시들지 않는 신접살림이 바람개비처럼 까불거리죠 / 이쪽이기도 하고 이쪽 아니기도 한, 소슬한 틈새의 베갯머리에서 / 시간이 숨구멍처럼 휘는 이곳의 혼돈이 좋아요." 하지만 옛 이야기가 되고 말았다. 1991년 기획되어 2006년 물막이 공사가 완료된 새만금 프로젝트. 군산에서 김제를 지나 부안까지 이어지는 33킬로미터 방조제는 세계에서 가장 길다고 한다. 401제곱킬로미터의 면적이 가두어지고 사분의 삼이 육지화된다. 이 면적은 최근 건설되고 있는 세종시의 일곱 배에 달하는 면적이다. 한때 물막이 공사를 막기 위해 전국적인 반대 운동이 벌어진 것에 비하면 지금은 너무 조용하다. 이왕의 반대 투쟁은 체념으로 변하고 기억에서 잊혀진 것일까? 새만금 사업으로 나타날 변화를 정부는 이렇게 설명한다.

북쪽 방조제를 따라 '신시 – 야미 관광용지 개발사업'이 진행된다. 복합 휴양 레저단지가 조성될 곳이다. 농업과 산업, 물과 육지, 공업과 상업이 어우러진 새만금 미래상의 또 다른 상징이 될 공간이다. 새만금개발청(새만금청)은 "관광용지 개발을 위해 (주)한양이 단독 출자한 새만금관광레저와 올해 사업협약을 맺고 기본계획을 수립할 것"이라며 "캠핑장과 호텔, 사파리, 마리나 등 복합 휴양시설로 개발할 계획"이라고 설명했다. 새만금청은 방조제를 경계로 새로 조성된 용지와 호수를 8개 용지로 구분해 동북아 경제중심지로 개발한다는 구상이다. 전체 용지의 73%를 차지하는 산업단지, 농업용지, 복합도시 등은 2020년까지 국비와 민자 등 22조원을 투자해 조성할 계획이다. 새만금청은

서해안 인접지역이라는 이점을 살리기
위해 지난해 말 중국과 한·중 경협단지,
이른바 '새만금 차이나밸리'를
조성하는 데 합의했다. 새만금청은
노출부지와 갯벌을 관광 상품화하기
위해 내년 중 탐방로와 탐조대 등을
설치하는 한편 방조제 위에 17개 시도별
문화·홍보공간을 마련할 계획이다.
(새만금청 자료)

장밋빛 미래는 모두 돈으로 점철된다. 앞으로도 22조 원을 더 투자하고, 섬 주민을 쫓아내고, 대규모 레저 단지를 조성하고, 중국 돈을 끌어들이기 위해 특혜를 주고, 남은 갯벌과 오지 않는 철새들은 관광 상품이 된다고 한다.

동진강이 내려오는 문포항은 이제 유령 도시다. 물이 빠져나간 포구에는 제멋대로 어선들이 뒹굴고 선착장은 염생식물의 천국이 되고 말았다. 여기저기 둘러봐도 그 옛날 백합과 맛조개, 새우와 꽃게로 넘쳐나던 포구의 모습은 상상할 수 없다. 그저 얼마 전까지 고기 잡던 사람의 이야기를 들어야 한다. 원래 새만금 일대는 조석차가 평균 5.7미터 정도였고 두 강에서 내려오는 민물과 파랑의 세기가 비교적 작아 모래펄 갯벌이 많은 면적을 차지해 어패류가 산란하기 좋고 수많은 생물이 서식하기 좋았다고 한다. 이 때문에 밀물과 썰물이 일어날 때면 40킬로미터 넘게 바닷물이 강과 바다를 오가서 강 하구의 기능이 잘 유지됐다. 그래서 갯벌 면적만 280제곱킬로미터를 넘어 남한 전체 갯벌 면적의 10%에 달했다. 지금 방조제 외측의 위도, 영광, 멀리는 전남 지역의 해안까지 퇴적물과 유기물을 확산시켜 서해안 생물서식 환경을 좋게 유지해주기도 했다. 포구에서 바다 쪽으로 한참을 걸어 올라가니 뜻밖에 영업을 하고 있는 조개집이 두 곳 있다. 출출하던 차였다.

아직도 장사하시네요.
뭐 가끔 구경 오는 사람들 점심이나 팔죠.
밖에 백합이 많던데요. 아직도
잡히나요?
내해 조업은 불법이라 딴 데서 오는
겁니다. 알려 마세요.
불법인데 저 멀리 고기 잡는 배들은
뭐죠?
관문을 여닫으면 전어 꽃게가 나와요.
근데 보상 다했다고 조업하면
불법이래요.
그럼 전에 고기 잡던 분들 뭐합니까?
보상금 받은 거 다 까먹고, 이사 가고,
나처럼 노는 거지, 뭐.

새만금 방조제 물막이 공사가 완료되고 배수갑문을 통해서만 바닷물이 오가면서 내측의 평균 조차가 1미터 내외로 급격히 감소했다. 내측의 갯벌 면적은 대략 90퍼센트 이상 줄었고 강 하구의 기능도 상실했다. 바닷물에 항상 잠겨 있는 지역에 냄새나는 죽뻘(죽은 갯벌)이 쌓이면서 이곳에 살던 생물도 급격히 사라졌다. 방조제 외측 해역 상황도 마찬가지다. 외측의 해류가 바뀌고 유속이 감소하면서 퇴적물과 유기물이 멀리 퍼져나가지 않아 생물이 살아가는 환경이 악화되고 있다. 외측 바닷속 바닥이 죽뻘로 변한 면적이 증가해 생물상이 바뀌고 어민들의 어업 조건도 악화되고 있단다. 결국 갯벌과 바다에 의지하며 살아오던 어민들은 소득 감소로 생존권에

심각한 위협을 받고 있다. 특히 방조제 내측의 어민은 생계는 물론 우울증에 빠지고, 잦은 분쟁으로 마을 공동체의 파괴도 심각한 실정이다. 어민 피해 보상 당시, 최대 3년간의 평균 어획량 또는 생산량을 기준으로 보상비를 책정했는데(총 보상비 4,696억 원) 평생 또는 후세대까지 어업을 할 수 있는 권리에 대한 보상은 이루어지지 않았다. 초기 보상금에 혹해 보상을 받은 주민들은 이제 후회한다.

새만금은 만경평야와 김제평야를 합친 조어다. 사실 오래전부터 갯벌이 발달한 이곳은 상설 매립 지역으로 유명했다. 김제의 광활면이나 계화도가 그랬다. 간척될 때마다 이 지역의 갯벌은 줄어들어 어업 인구도 함께 줄어들었다. 농지보다 다섯 배의 이문을 준다는 갯벌은 매립되면서 산업용지로 지정돼, 현재 새만금의 대부분 용지는 산업 상용 용지로 용도 전환됐다. 애초 농업 용지 확보와 식량 자원 확보는 매립을 위한 거짓말에 불과했다. 중앙과 전북 지역의 정치인, 관료, 건설업자라는 삼각 동맹이 벌인 이 거대한 공사 놀음은 세금과 개발 이익이 누구에게 전유되는지를 보여준다. 이 합법적으로 보이는 사기에 직접 호주머니를 털린 것은 부안, 김제, 군산의 어민이었고, 죽어버린 것은 갯벌과 자연이고, 당한지도 모르는 것은 국민이다. 총 사업비 22조 원은 이렇게 사라졌고, 앞으로도 엄청난 세금이 수질 개선이라는 추가 비용으로 사라질 것이다. 방조제에 막힌 두 강은 농업 용수로 4급을 유지하고, 방조제 근처 해수가 막힌 바다는 새로 건설될 도시에 공급할 3급수를 유지해야 한다. 하류가 더 깨끗해야 하는 모순을 해결할 비용이 수조 원이다. 이제 갯벌은 육화되어 백합과 맛조개 등은 사라졌다. 해수의 담수화로 어종도 사라졌다. 거대한 자연의 죽음으로 얻은 불모의 사막에 친환경 신도시를 세우겠다는 인간의 오만이 새만금의 현실이다. 그 망각 속에서 정·관·토건족의 삼각 동맹은 또 다른 삽질 프로젝트를 기획하고 있을 것이다. 4대강 사업이다.

새만금 사업
전라북도의 군산시 비응도부터 고군산군도의 신시도를 거쳐 부안군 변산면 대항리까지 총 33.9킬로미터에 이르는 새만금 방조제를 건설해 서해안의 갯벌과 바다를 육지로 바꾸는 간척 사업이다. 2010년 4월 27일 준공되었다. 새만금 방조제는 기존에 세계에서 가장 긴 방조제로 알려진 네덜란드의 자위더르 방조제(32.5킬로미터)보다 1.4킬로미터 더 긴, 세계에서 가장 긴 방조제로 기네스북에 등재되었다.

›

뜨거운 태양 아래 노를 젓고 있다. 의외로 강물은 잔잔하다. 보트가 쉽사리 수면을 미끄러져 갈 것이라는 기대는 현실에서 배신당한다. 조지프 콘래드처럼 '어둠의 속'을 향해 콩고 강을 흐르는 것도 아니고, 마틴 쉰처럼 배신한 대령을 잡으러 지옥의 묵시록 같은 메콩 강을 거슬러 오르는 것도 아니다. 하지만 그 못지않게 내가 노를 저어가는 금강은 파헤쳐지고 무너지고 파괴되고 있다. 공사 현장을 만나면 흐르던 강물은 멈추고 휘돌아 우리가 탄 보트를 강기슭으로 내동댕이치기 일쑤다.

나와 충남 지역 환경운동가들은 검정색 고무 보트에 '4대강 사업 반대'가 적힌 대형 현수막을 달고 연기군을 흐르는 금강에 몸을 실었다. 보트를 직접 타고 강을 느끼는 것이 특별한 경험이 될 것이라고만 생각했다. 하지만 무동력 보트는 탑승자들에게 꽤나 큰 노동을 요구했다. 희희낙락하던 탑승자들도 시간이 흐르자 침묵에 빠져든다. 의외로 물길은 어려웠고 공사 구간을 지날 때는 몇 차례 전복의 위험도 있었다. 그렇게 강을 타고 흘러가길 세 시간, 우리는 금강에 만들어진 첫 댐인 금남보에 도착했다. 강을 막고 진행 중인 공사로 인해 더 이상 내려갈 수도 없었다. 폭으로 따지면 금강은 다른 세 강에 비해 좁고 물길도 짧은 편이다. 그런데 우리가 도착한 금남보의 규모는 거대했다. 세종시 건설과 맞물려 일대는 완전 공사판이다. 도대체 4대강을 어떻게 개조하겠다는 사업이기에 왜 이리도 강을 파헤치고 거대한 토목공사를 벌이는 것일까?

강에 대한 토목공사는 그 연원이 오래됐지만, 특히 이명박 대통령이 후보 시절 공약으로 내세운 한반도 대운하 사업이 있다. 남한의 물길뿐 아니라 북한의 물길까지 고려한 거대한 토목 사업이었다. 한강과 낙동강을 큰 줄기로 해서 금강, 영산강 등을 모두 잇는 거대한 물류 시스템이다. 그리고 이곳을 세계적인 관광지로 만들겠다고 했다. 하지만 금세 반발에 부딪쳤다. 시속 10킬로미터 내외로 수많은 관문을 통과하는 배는 서울에서 부산까지 나흘이 걸렸다. 누가 그런 교통수단을 활용해 물류를 실어 나를까? 대운하사업은 결국 자본가들의 차가운 시선과 국민의 반대로 수포로 돌아가는 듯했다. 하지만 집권한 이명박은 대운하 사업을 '4대강 살리기'라는 이름으로 부활시켰다. 이번에는 모든 예산이 국민의 세금에서 나왔다. 명목은 수질 개선, 수자원 확보, 홍수 예방이었다. 그럴듯했다. 하지만 거대한 공사의 중심인 준설은 강바닥을 6미터까지 파고들었고 수질은 악화됐다. 물 부족 국가에 물 낭비 국민이라는 마타도어를 사용해 수자원을 확보해야 한다고 했지만, 지금도 우리 강을 이용한 물 자원은 남아도는 형편이다. 게다가 홍수는 4대강의 본류에서 일어나는 것이 아니라 상류와 그 지천에서 일어나고 있었다. 도무지 앞뒤가 맞지 않는 이런 사업이 국민의 무관심 속에 강행되고 있는 것이다. 도무지 이들은 왜 이렇게 집요하게 강을 파고 싶은 것일까?

그래서 누구에게는 요승으로, 또 누구에게는 타협을 모르는 고집불통으로, 또 누구에게는 환경을 지키는 마지막 보루로 존재하는 지율 스님을 만나러 상주로 갔다. 낙동강의 상류인 곳이다. 지율 스님은 그곳에서 농가 한 채를 빌려 홀로 살고 있다. 천성산

지율
승려(비구니), 환경운동가, 사진작가로, 경상남도 양산시 내원사의 승려이다. 내성천을 살리기 위해 영주에 머물고 있다.

투쟁 이후 이곳에 조용히 내려와 낙동강을 돌아본 것이다. 스님은 무엇을 봤을까? 지율 스님의 답변은 명쾌했다.

낙동강은 어떤가요?
이미 많이 무너졌습니다.
복원할 수 있을까요?
다시 복원하려면 오랜 세월이
필요합니다.
공사 후에 강을 살릴 대안은 있을까요?
그 복원의 원형이 여기 낙동강 상류
내성천과 안동천에 있습니다.
그럼 그곳을 지켜야겠군요. 스님부터
건강 챙기세요.

스님과 함께 하회마을에도 가고, 회룡포를 찾기도 했다. 낙동강 상류를 4대강을 보존하고 복원할 수 있는 원형으로 삼아 끝까지 지켜내겠다는 스님의 뜻에 공감하지 않을 수 없었다. 국가 사업을 막무가내로 밀어붙이는 것이 선이 아니듯, 적당히 타협하는 것이 세상 영민하게 사는 것이 아니었다. 때로는 고집불통의 비타협주의자가 옳을 때가 있다. 지율 스님의 말과 실천은 시간이 증명할 것이다.

4대강 사업이 한창이던 때 채솟값이 금값이었다. 배추 한 포기에 무려 1만 5,000원. 스무 포기 정도 김장을 담그려면 배추 값만 30만 원이다. 서민들은 '허걱' 할 일이다. 태풍, 이상기온 등등. 정부는 부랴부랴 중국에서 무관세로 배추 수입을 종용했다. 하지만 분명한 원인이 하나 있다. 농산물로 농간을 하는 유통업자는 다 알고 있다. 4대강 사업의 후유증이었다. 현재 낙동강변, 금강변, 한강변의 채소 농사용 하우스 단지가 많이 사라졌다. 강변 경작이 금지됐다. 이 금지된 농경지를 파내거나 준설토를 쌓아 두었다. 현지에 가면 그 어마어마한 규모에 놀란다. 그렇게 사라졌거나 사라질 농경지는 시설 경작지의 16.4퍼센트 정도가 된다.

농산물은 적은 양으로도 가격이 교란된다. 마음대로 생산량을 줄였다 늘렸다 할 수 없기 때문이다. 그래서 출하를 당겼다가 늦췄다가 한다. 지금은 늦었다. 올 초부터 채솟값이 요동칠 것을 유통업자들은 알았다. 정부만 몰랐다. 이런 예상은 이미 연초부터 나왔다. 분명 강변 유역의 농지가 사라지면 채솟값 상승이 온다는 것을. 사실 농림수산식품부와 국토해양부는 보도자료를 통해, 4대강 사업 때문에 줄어드는 농경지 가운데 채소밭의 비중은 54.38퍼센트로 조사됐다고 밝혔다. 경제학자 장상환 경상대학교 교수는 채소밭 비중을 고려하면 줄어드는 농경지 2만 7,532헥타르에서 채소밭은 1만 4,972헥타르로 추산되며, 이는 우리나라 전체 채소밭 26만 2,995헥타르의 5.69%에 이르는 면적이다. 줄어드는 농경지의 최소 30%는 비닐하우스 등 시설재배를 하는 채소밭으로 추정되므로, 우리나라 전체 시설재배 채소밭의 16.4퍼센트가 줄어들게 될 것이라고 분석했다. 이는 '4대강 사업에 편입되는 농경지는 6,734헥타르이고 이 가운데 채소밭은 3,662헥타르로 전체 채소밭의 1.4퍼센트 수준에 불과해 최근의 채솟값 폭등과 4대강 사업은 관계없다'는 정부 발표와 큰 차이가 나는 것이다. 하지만 정부는 줄기차게 채솟값 폭등과 4대강은 관계가 없다는 말만 열심히 홍보했다. 4대강 사업으로 사라지는 농지의 증거는 양수리 두물머리 유기농단지의 농민들이다. 3년 동안 유기농사 대신 아스팔트 농사를 지으며 4대강 사업과 싸워온 임인환

씨와 세 명의 농부들이 있다. 하지만 임 씨와 동료들은 그곳을 떠난다. 그 넓은 유기농 밭은 모두 사라지고 대신 공원이 들어선다. 임 씨는 8년 동안 농사를 지어온 그의 딸기 하우스에서 담배를 빼문다. 사실 임 씨와 나는 4년간 동문수학한 친구다.

그렇다면 왜 이리도 문제 많은 공사를 강행하려 할까? 대선에서 후원해준 토건족들에 대한 배려인가? 남한강 여주 지역 이포보 공사 현장에서 환경운동가들이 고공 농성을 했다. 그곳이 잘 보이는 둔치에 천막을 설치하고 환경운동가와 시민이 지지 농성을 벌였다. 그런데 이곳으로 주민들을 자처하는 사람들 100여 명이 몰려와 욕을 하고 폭력을 행사했다. “1400년 만에 온 개발 기회를 막지 마라!” “외지인은 물러가라!” “이 강은 우리 강이다!” 아빠 믿고 여행에 따라 나섰던 아들이 우악스런 주민에게 멱살을 잡히더니 맞았다. 아빠는 그 광경에 눈이 돌아 이단 옆차기를 날렸다. 주먹과 발차기가 난무했다.

아들아 괜찮냐?
아빠야말로 괜찮아요. 얼굴에서
피나는데?
그래? 안경 어디 갔지.
아, 여기 있어요. 정말 괜찮은 거예요?
그럼. 현장 다니는 사진가란 이런 거야.
아이구 아파라.

경찰의 보호를 받으며 폭력을 행사하던 이들이 군수의 격려를 받고는 고급 승용차를 타고 떠났다. 이것이 돈과 권력으로 엮인 우리 지역 사회의 현실이다. 사실 강에 의존해 사는 사람들이나 강을 사랑하고 가꾸는 이들과 이 사업은 별로 관계가 없다. 지배 권력이 돈과 개발로 지역을 공고히 하고 지지 세력을 확보하고자 하는 검은 음모인 것이다.

이는 이명박 정부에만 국한되지 않는다. 민주당이 석권하고 있는 전남의 영산강도 사정은 마찬가지다. 이곳에서 반대의 목소리는 드물다. 이미 영산강은 썩을 대로 썩었으니 공사를 해야 하고, 이왕이면 더 많은 예산을 책정해주길 기대하고 있다. 박준영 전남도지사는 그런 뜻을 공공연하게 밝히며 자신이 몸을 담고 있는 민주당의 정책에 반하는 정책을 강행했다. 사실 이들에게 물 부족, 수질 개선, 홍수 예방 따위는 안중에도 없다. 그것이 진실이 아니란 것을 알기에 관심이 있는 것은 오직 지역에 뿌려질 예산이다. 이것이 국가가, 사회가 돌아가는 최소의 악이라 생각하고 오늘도 부지런히 강을 파헤치고 있다. 그들에겐 자연에 대한 예의도 후손에 대한 염치도 없다. 오직 현실의 이득만을 계산하고 있을 뿐이다. 그래서 한 스님이 몸에 불을 질렀다.

IVECO

남한강 여강선원 앞에서

›

2010년 5월 31일 경북 군위군 지보사 문수 스님이 유서를 남긴 채 경북 군위군 군위읍 사직리 위천 제방에서 불에 타 숨진 채 발견됐다. 유서의 내용은 이러했다. "이명박 정권은 4대강 사업을 즉각 중지 폐기하라. 이명박 정권은 부정부패를 척결하라. 이명박 정권은 재벌과 부자가 아닌 서민과 가난하고 소외된 사람을 위해 최선을 다하라." 조계사 영결식장 앞에 국화가 쌓여 있다. 흔히 불교에서는 이러한 행위를 소신공양이라 한다. 불교 용어로 부처님에게 공양하기 위해 자신의 몸을 불사르는 것을 말한다. 『묘법연화경』에 약왕보살이 향유를 몸에 바르고 자기 몸을 불사른 일에 대해 제일의 보시라고 한 데서 연유됐다. 1963년 베트남에선 정부가 반정부적이라며 강제로 절을 폐쇄시키자 꽝둑(Thich Quang Duc) 스님을 필두로 서른여섯 명의 스님과 한 명의 여성 재가 신자가 사이공(지금의 호치민)의 한 거리에서 분신을 감행하는 사건이 일어나기도 했다. 이 사건으로 미국에선 반전운동이 확산됐다.

그렇다면 부처의 죽음은 자연사였을까? 소신공양과 자살 사이에는 어떤 차이가 있을까? 모든 사회는 자살을 비도덕적인 행위로 본다. 아니, 생물계가 그럴 것이다. 유전자를 이어나가야 하는 생물의 숙명을 거부하기 때문이다. 하지만 우리 사회에는 생물학적 유전자 전달을 스스로 거부하는 이들이 많다. 종교인, 동성애자 등등. 하지만 그들은 비난 받지도, 비난 받아서도 안 된다. 그것은 우리가 인간이기 때문이다.

아우슈비츠에서 불굴의 정신으로 생환한 장 아메리Jean Améry(1912~1978) 자신의 책 『자유죽음』에서 "모든 삶의 충동, 살아 있는 존재의 끈질긴 자기 보존 충동에 맞서" 인간 실존이 인간에게 보장하는 "자유를 가장 급진적으로, 어떤 점에서는 가장 생생하게" 실행하는 행위라 했다. 아메리는 '자기 자신을 살해'한다는 의미의 '자살'이란 단어를 '자유롭게 죽음을 선택한다'는 '자유죽음'으로 대체할 것을 제안하기도 했다. 그는 이 책을 쓰고 2년 뒤, 자살했다. 아니 자유죽음을 선택했다.

하지만 자살이든 소신공양이든 조심스럽다. 나와는 한 살 차이로 고등학교를 졸업하고 불가에 들어갔을 문수 스님의 비보를 듣는 순간, "죽음의 굿판을 걷어치우라!"는 일갈이 들려오는 듯했다. 섬뜩했다. 또 어떤 자살에 대한 비난 공세가 신문 지면을 채울까부터 걱정했다. 나만이 아닐 것이다. 조계종은 침묵했고, 다비는 조용히 그가 수행하던 군위에서 치러졌다. 하지만 이번 선거의 작은 승리에 고무된 것일까? 조계사에는 그의 대형 영정이 걸린 영결식장이 마련됐다. 천막 '한강선원'에 조그마하게 마련되었던 수경 스님의 빈소와는 비교도 되지 않는다.

4대강 있는 곳이면 선원이 만들어진다. 여주 남한강변에는 '여강선원'이, 조계사에는 '한강선원'이, 금강에는 '금강선원'이 섰다. 선원들은 강을 살리고자 하는 이들의 보루다. 그 선원을 나와 조금만 강에 다가가보자. 한강은 콘크리트로 만들어진 거대한 어항이다. 생물들은 이리저리 머물지 못하고 방황하다 떠난다. 친환경적이라며 깔아놓은 저 흉측한 바윗덩어리들은 사람이나 새 모두에게 위태하다. 한강변에서 죽은 큼지막한 자라를 봤다. 이 자라의 죽음은 타살인가, 자살인가? 다만 분명한 것은 명을 다한 자연사는 아니라는 것이다. 공주의 공산성 안에 걸린 현수막도 죽음을 이야기한다. "죽음의 4대강" 그 앞 금강은 어떤 모습일까? 산성 밑으로 보이는 금강의 모습은 처참했다. 자연은 인간의 탐욕과 자본의 공포 앞에 자취를 감췄다. 더 이상의 죽음도 없다. 한강은 어떤가? 신륵사 앞 여강의 모습은 이제 새롭게 변모됐다. 이제 신륵사에 가면 공사판이 진풍경이다. 건설 공화국다운 풍경이니 기록해놓지 않을 수 없다. 그렇다면 문수 스님이 살던 경북의 낙동강은 어떤가? 강은 오장육부를 다 드러내놓는 고문을 당한다. 그 고문이 하도 교활해 결코 강이 죽는 일은 없을 것이라 한다.

장 아메리
1912년 10월 31일 오스트리아의 빈에서 태어났다. 부모가 붙여준 원래 이름은 한스 차임 마이어이다. 대학에서는 문학과 철학을 전공했다. 1938년 벨기에로 건너가 나치 저항 운동에 참여했다. 1943년 체포되어 2년 동안 강제수용소 생활을 했다. 1945년 이후 브뤼셀에서 프리랜서 작가로 활동하며 방송계 일도 했다. 1970년 독일 비평가상을 받았다. 1971년에는 바이에른의 '아름다운 예술아카데미'가 수여하는 문학상을, 1977년에는 함부르크 시가 수여하는 레싱 상을 받았다. 아메리는 1978년 잘츠부르크에서 스스로 목숨을 끊었다.

부처님이 아픈 비둘기 한 마리를 구하고자 이렇게 발원했다. 불쌍한 비둘기를 위하여 제가 저의 몸을 그만큼 보시(布施)하겠으니 그렇게 조치하여 주십시오. 그러자 하늘이 말했다. 그러하냐? 그러면 비둘기와 같은 만큼 그대를 저울 위에 올려놓아라. 그만큼을 내가 받고 비둘기를 살려주겠노라. 부처님은 한쪽에 비둘기가 놓여있는 저울 다른 쪽에 손을 올려놓았다. 그러면 충분히 비둘기를 살릴 만큼 되리라 본 것이다. 그런데 유감스럽게도 저울은 아주 조금만 움직였다. 부처님은 이제 팔 하나를 올려놓았다. 그런데도 역시 아주 조금밖에 더 내려오질 않았다. 이제는 다리 하나를 더 올려놓았다. 그러나 저울은 조금만 더 내려올 뿐이었다. 마침내 부처님은 온 몸을 저울 위에 올려놓았다. 그러자 비로소 평형이 이루어졌다. 하늘의 음성이 들렸다. 비둘기와 너의 온몸이 같은 것이다. 그대는 이것을 명심하라. 그대의 온몸을 바치는 정성을 가상히 여겨 비둘기를 구해 주노라. 자비심으로 깨달을지어다. 부처님은 이로써 확실히 깨달았다. 생명체 크기의 대소와 관계없이 생명은 모두 동등하게 존엄함을. 경북 달성군 화원읍 사문진교 부근 낙동강 주변에 죽은 물고기들이 널려 있다. 아! 문수 스님의 목숨도 이 죽어간 누치의 목숨과 같다. 극락왕생하시길…

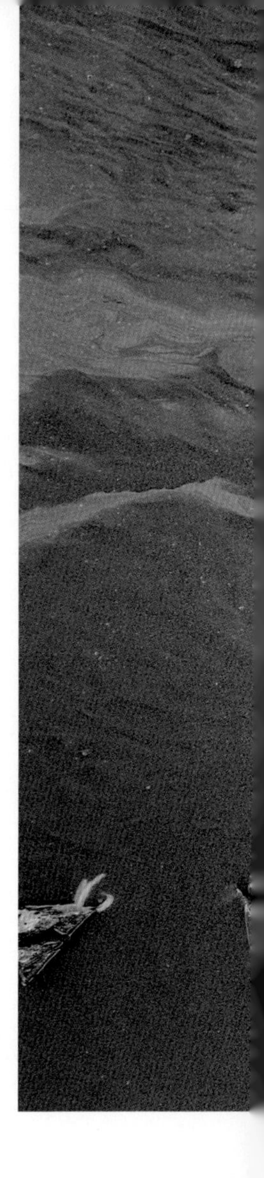

왜가리가 있던 금강변에서

›

공주 금강변의 아름다운 모래는 두 달 만에 사라졌다. 타지에 살다 금모래가 그리워 공주로 돌아왔다는 한 아주머니는 물만 찰랑거리는 금강을 봤다. 충청권은 세계대백제축제로 술렁인다. 공주와 부여 일대에서 벌어지는 200억짜리 축제는 백제의 부흥을 기대하게 한다. 물론 그 밑바탕에는 세종시와 금강의 세 개 보(댐)가 있다. 정말로 건설이 백제를 부활하게 할까? 강변 곳곳에서 흩날리는 건설사들의 깃발을 본다. 우리 국토가 건설사들의 '밥'이 된 지 어언 반세기가 지났다. 그들의 탐욕은 이제 강으로 갔고, 다음은 어디일까? 분명 산이다. 그다음은 어디일까? 섬이다. 그리고 또 어디로 이어진 것인가?

금강의 준설 현장을 본다. 옛 모습은 간 데 없고 벌써 강은 훤칠해졌다. 구불거리는 것을 펴서 유속도 빨라졌다. 거추장스러운 하중도는 아예 없애버렸다. 콜로라도 주립대학교 대학원 토목공학 박사 출신인 심명필 국토해양부 4대강살리기 추진본부장은 "오랜 시간이 지나면 하천에 흙과 모래가 쌓여 일종의 섬 같은 게 생기고 나무가 자란다. 그 지역 주변에 강이 많으면 물이 차기도 하고 습지가 인공적으로 만들어진다"며 홍수 측면에서 보면 굉장히 부담이 돼 없어져야 한다고 했다. 그는 이어 "환경단체는 뭘 잘 모르면서 '50년 된 멋있는 습지를 왜 없애느냐'고 공격하고 있다"고 덧붙였다. 심 씨는 4대강 사업의 공정률은 전체적으로 24퍼센트, 보는 47퍼센트 정도로 거의 반에 가까워서 반이 진행된 것을 중단하자는 것은 도저히 있을 수 없다는 입장이다. 그러면서 "사업 기간이 길어지면 공사의 가격이 천정부지로 올라간다. 짧은 기간에 충분히 할 수 있고 오히려 그 기술은 자랑할만 한 것"이라고 강조했다.

이 개발론자에게는 환경이나 생태를 들먹이는 것 자체가 폐가 될 지경이다. 하지만 저 멀리 콜로라도까지 가서 공부를 하셨다니 콜로라도 강 이야기는 한 대목 들려주고 싶다. 1997년, 공화당 대통령 후보로 나선 바 있는 애리조나 주 상원의원 배리 골드워터는 '20세기식 하천 관리'의 종결을 보여주는 이정표와 같은 말을 남겼다. 과거 콜로라도 강의 글렌캐니언 댐 건설을 강력하게 옹호했던 그는 "만약 지금이라면, (댐 건설에) 찬성하겠는가?"라는 질문을 받자 이렇게 대답한다. "이젠 반대할

겁니다. 댐을 세우면 잃을 게 너무 많아요." 현재 콜로라도 강 보존에 로버트 레드포드와 같은 유명인들도 뛰어들었다.

금강에서 퍼올린 모래가 현장에 세워진 레미콘 공장에 들어가 바로 건설 현장으로 실려간다. 하도 많이 퍼올려서 충청권에서 50년 동안 건설해도 될 양이란다. 연기군의 스카이라인은 타워크레인이 차지했다. 공사장에 울려 퍼지는 망치 소리는 새마을 종소리를 떠올리게 한다. 금강변에 럭셔리한 고층 빌딩들이 올라가고 있다. 풍치가 좋으니 세종시 입주민에게 고가에 공급될 것이다. 이것이 발전이고 지역 경제가 부흥하는 것이라 한다면 강변하진 않겠다. 지역 주민들의 소외와 눈물도 모르는 '타지 것'들이 남의 강에 와서 이러쿵저러쿵 한다는 이야기 너무 많이 들었다. 주먹질도 당해봤다. 하지만 한 번이라도 중앙 정부의 입장을 앵무새처럼 옮기는 지방 관료의 말을 그대로 믿지 말고 고민을 해보길 바란다. 고향의 물길을 한강처럼 바꿔놓고 댐 옆에 수변공원을 화려하게 꾸며놓으면 누가 찾겠는가? 낙동강이 한강이 되고, 영산강이 한강이 되고, 금강이 한강이 되었는데 말이다. 저 백사장에 외로이 서 있는 왜가리의 처지를 이해해보자. 기계적 공리주의로 신자유주의를 찬양하고 개발만이 "살길이다"라고 외치는 이들에게 저 왜가리는 유령일 뿐이다. 생명이 생명으로 받아들여지지 않은 사회는 불행하다.

> "이해는 못했지만, 사랑했던 사람들은 모두 죽었다. 그러나 난 아직도 그들과 교감하고 있다. 어슴푸레한 계곡에 홀로 있을 때면 모든 존재가 내 영혼과 기억, 그리고 빅 블랙풋 강의 소리, 낚싯대를 던지는 4박자 리듬, 고기가 물리길 바라는 희망과 함께 모두 하나의 존재로 어렴풋해지는 것 같다. 그러다가 결국 하나로 녹아든다. 그리고 강이 그것을 통해 흐른다." (영화 〈흐르는 강물처럼〉 중에서)

물리학 용어 중에 인간 중심 원리, 또는 인류원리라는 것이 있다. 인류의 존재 사실을 관측함으로써 세계가 존재하는 방식과 이유를 설명할 수 있다는 원리다. 시작은 이렇다. 요하네스 케플러는 지구가 태양으로부터 생명이 살기 딱 적당한 거리인 이른바 '골디락스'에 위치한 이유가 궁금했다. 거기에는 어떤 법칙이 있는 것일까? 세 가지 해답이 있다. 첫째는 어떤 지적 존재가 그렇게 설계한 것이다. 둘째는 인류의 존재 조건에 근거해서 태양으로부터 1억 5,000만 킬로미터 떨어져 있는 것에 의미를 부여하는 것이다. 셋째는 아무런 의미도 없다는 것이다. 우연일 뿐이다. 앞의 두 이론은 각각 신의 존재와 인류의 존재를 염두에 둔 것이고, 마지막 답은 대다수 주류 물리학계의 견해다.

인류원리는 그래서 종종 종교적이라는 비판을 받는다. 결국 인간을 창조한 신의 섭리를 연상시키기 때문이다. 하지만 이것을 지구가 아니라 우주로 확대하면 인류원리는 다른 차원의 이야기가 된다. 생명이 존재하는 지금의 우주를 만든 여러 상수들을 고려하면 신의 존재 등은 아주 작은 변수에 지나지 않게 된다. 전자기 약력을 발견한 공로로 노벨상을 받은 스티븐 와인버그는 이런 가정을 했다. 지금의 우주가 팽창하는 속도로 보아 우리 눈에 보이지 않는 70퍼센트의 진공에너지는 어느 정도일까? 기존 물리학계는 이 에너지가 서로 상쇄하면서 0이 된다고 보았지만 와인버그는 10^{-120}의 값을 가진다고 봤다. 이래야만 우리 우주가 존재 가능한 원자의 결합이 가능하다고 예측한 것이다. 이 예측은 10년 후 천문학자들이 조사한 진공에너지의 값과 근사하게 일치했다. 이론이 실체를 예견한 것이다. 그렇다면 왜 우리가 사는 우주는 말도 안 되게 미세하게 조정되어 있는 것일까? 여기서 신의 설계를 들이대면 나아갈 수 없다. 이에 대해 레너드 서스킨드는 풍경 다중우주Landscape Multiverse를 통해 다양성의 가능성을 제시한다. 무한히 많은 우주를 상정하면 우리 우주의 미세조정이 인간을 탄생시킨 하나의 가능성으로 존재할 수 있다는 것이다. 인류원리란 우리 우주가 인간을 탄생시킨 단 하나의 원리만 쫓다보면 결국 신으로 회귀할 수밖에 없다는 이론의 한계를 인류를 통해 극복하려는 시도였던 것이다.

지구상에는 몇 개의 강이 있을까? 수만 개는 될 것이다. 이 강 중에서 인간과 완전히 조화하는 강은 몇이나 될까? 인간 때문에 강이 존재할 필요는 없다. 그렇다고 강은 인간과 무관하다고 이야기하기에는 우리가 존재하는 것이 사실이다. 강이 인간과 조화하는 어떤 법칙이 있을까? 그렇지는 않을 것 같다. 거의 완벽한 자연의 강에서 연어를 잡는 알래스카 어부와, 완벽하게 오염된 중국의 황하 하류에서 기형 물고기를 잡는 어부 사이에는 크나큰 간극이 있다. 인류원리가 물리학 이론을 설명하는 원리이지만 인간답게 살기 위한 조건으로서의 인류원리가 가장 필요한 곳은 과학이 아니라 사회일지도 모른다.

4대강 공사가 마무리되고 한참 후인 2014년, 대구 KBS로부터 공동 취재 의뢰를 받았다. 공사 후 낙동강의 실태를 그곳에서 고기 잡는 어부의 눈으로

풍경 다중우주
다양한 우주상수를 지닌 우주를 찾을 가능성이 있다는 이론이다. 끈이론을 통해 여분 차원의 다양한 조건을 계산하면 다양한 진공에너지 밀도(우주상수)를 얻을 수 있기 때문이다. 이렇게 얻은 우주상수들 중에 우리 우주와 같은 우주상수도 있어야 한다.

살펴보자는 제안이었다. 보수화된 KBS에 지역은 대구·경북 지역이라는 점을 고려하면 꽤 파격적이고 흥미로운 제안이다. 그래서 상주보에서 달성보까지 경상북도를 종으로 관통해보기로 했다.

태백에서 발원해 삼강에서 본격적인 낙동강을 이루는 상주. 이곳에서 30년째 고기 잡는 최봉식 씨를 만났다. 초등학교 때 동네 어부들의 눈에 들어 평생 고기를 잡았단다. 상류로는 문경에서 달성까지 오르내리며 낙동강에서는 가장 유명한 어부가 됐다. 4대강 공사 2년 동안 쉬다가 최근 이곳에 콘테이너 박스로 거처를 마련하고 다시 고기를 잡고 있다.

조업 구간은 얼마나 됩니까?
한 4킬로 정도 됩니다. 물이 많이 차서
전과는 전혀 달라졌죠.
공사 후 강은 어떤가요? 더 잡히나요?
웬걸요. 공사 때문에 갑각류, 미생물,
수초 등이 사라져서 그걸 먹고 사는
고기도 사라졌죠.
얼마나 걸릴까요?
글쎄요. 한 10년은 지나야 가능할까요.
치어가 별로 없으니 한참 걸리겠죠?

그를 따라 나섰다. 그의 15마력짜리 보트에 몸을 싣고 잔잔한 강을 따라 빠르게 달렸다. 눈썰미가 좋아 고기가 다니는 길을 훤히 안다고 했다. 그가 어망을 친 곳으로 다가갔다. 자망을 걷어 올리니 커다란 젤리 같은 것이 덕지덕지 붙어 있다. 큰빗이끼벌레라 불리는 것들이다. 얼마나 많은지 그물을 들어 올릴 수가 없다. 마치 그물에 물병들이 수없이 매달려 있는 형국이다. 최씨 말로는 전부터 이것들은 존재했단다. 가장 가물고 유속이 없을 때 생겼다가 물이 나면 사라지곤 했는데, 이제는 1년 내내 번성한단다. 당연하게도 이제 낙동강은 흐르지 않기 때문이다. 보로 인해 물의 유속이 차단됐기 때문이다. 통발을 들어올리자 물고기들이 있다. 준치들이다. 매운탕 집에서도 받아주지 않는 맛없는 생선이다. 하긴 인간의 맛에 따라 고기가 살아가야 할 이유는 없지만 지금의 낙동강은 종의 다양성이 사라지고 있다. 전에 흔히 잡히던 쏘가리와 빠가사리(동자개)는 드문드문 나올 뿐이다.

그가 한 시간쯤 돌아다니며 잡은 물고기는 한 양동이에 불과했다. 그래도 손님이니 자신의 컨테이너에서 매운탕을 대접하겠다고 했다. 30년 동안 고기를 납품하면서 수많은 맛집 노하우를 알고 있다고 한다. 매운탕 집에서는 취급도 안 하는 준치로 맛있는 매운탕을 선보인다. 찬물에 손질한 고기와 대파를 넣고 센 불에 끓인다. 뚜껑은 덮지 않고 뽀얀 물이 나올 때까지 계속 끓이며 물을 졸이는 것이 맛있는 매운탕을 만드는 비결이란다. 평생 강에 기대 살아온 중년의 사내가 만든 매운탕을 맛있게 나눠 먹었다.

흘러 흘러 강 따라 어부들을 만나며 내려갔다. 어떤 이는 읍내에서 장사를 하다가 어부권을 사서 어즙 내리는 일에 종사하기도 하고, 어떤 이는 회사에서 잘나가는 사장도 했다가 새로운 삶을 살기 위해 강으로 나오기도 했다. 이종욱 씨는 한때 코스닥에 상장한 중소기업의 대표였고 동탑산업훈장까지 받은

큰빗이끼벌레
피후강 빗이끼벌레과에 속하는 태형동물의 일종이다. 동종의 여러 개체가 군집을 이루어 서식하는 형태로, 직경이 2미터에 이르기도 한다. 1~3급수의 비교적 깨끗한 호수의 유출구나 유속이 느린 강에서 서식한다. 따라서 수질 오염보다는 강의 생태 변화를 증거한다. 4대강은 이제 호수라 보면 된다.

잘나가는 기업인이었다. 하지만 기업도 명운이 있는지 회사가 기울면서 이직도 해봤지만 가족과의 관계를 되찾는 일에 새로운 삶을 걸기로 했단다.

이제 고기 잡는 일은 얼마나 됐나요?
2년 됐습니다. 완전 초짜입니다.
무엇이 강으로 오도록 이끌던가요?
늘 휴가 때면 강에 나가 그물로 고기 잡는 것이 낙이었는데, 직업이 되더군요.
집이 찬성하던가요?
많은 것을 잃으니 찾고 싶은 것이 있더군요. 가정과 사회에 대한 봉사 같은 거요.
그럼 어업권은 어찌 얻었나요?
전부터 알던 최판술 어르신에게 물려받았죠. 낙동강 어부들의 대부 같은 분이죠.

그와 만난 구미보는 거대한 호수였다. 강의 너비는 이제 1킬로미터는 됨직하고 유속은 없어 잔잔하다. 비가 와야 물이 섞이면서 고기들이 잡히는데, 지금은 유난히 갈수기다. 그물과 통발을 걷어보지만 그저 몇 마리만 건져 올린다. 그 물고기들을 들고 최판술 노인을 찾아갔다. 팔순이 넘은 나이에도 정정하다. '왜정' 때부터 고기를 잡아온 최 노인은 자랑스레 고기 장부를 보여준다. 70~80년대에 잡아 올리던 다양한 어종의 물고기 이름과 수량 판매 대금이 적혀 있다. 이 꼼꼼함으로 당시 낙동강의 생태를 보여준다. 하지만 이렇게 다양한 고기들이 얼마나 살아가는지를 4대강 사업단은 인정하지 않았다. 어업권 보상 때 대충 노인 연간 소득을 수백만 원으로 후려치려던 것이 이 장부 덕에 수천만 원이 됐다고 한다. 하지만 그 어업권을 물려받은 이종욱 씨에게는 옛 영화가 되어버렸다. 물고기는 이제 그리 잡히지 않는다. 먹지 못하는 외래종 베스와 블루길만이 호수 같은 낙동강 구미보를 설친다.

더 내려간 고령교 아래는 그야말로 새파랗다. 강이 질려버렸다. 녹조로 인해 물은 완전히 고체가 된 듯했다. 위로 강정보가 있고 아래도 달성보가 있다. 양쪽 16km 구간은 이렇게 공업용수로도 쓸 수 없는 물이다. 여기도 고기가 사나? 놀랍게도 여기서 어업을 하는 조말술 씨 부부를 만났다. 부부는 결혼 후 35년간 여기서 그물질을 했다. 한때는 좋았다. 부부의 금슬도, 물고기 수확도 좋았다. 하지만 남은 것은 한숨이다. 이제 일주일에 한 번 정도 그물 걷으러 나온다고 한다. 차라리 어업권을 보상해주면 털고 강을 떠나고 싶단다. 이건 강이 아니란다. 절망스러운 부부의 얼굴 속에서 강의 죽음을 봤다. 정권과 토건이 유린한 강의 미래에 절망한다.

"'4대강 조사위원회' 등 시민단체 4곳은 2008년부터 4년여에 걸쳐 낙동강 24공구(칠곡보) 현장 등에서 14개 하청업체에 공사비를 부풀려 지급한 뒤 되돌려 받는 방법으로 800억 원의 비자금을 조성하고, 감독청 공무원과 4대강 관련 유력 정치인에게 뇌물과 불법 정치자금 등을 제공한 혐의로 2012년 9월 서모 전 사장과 구모 대우건설 토목사업본부장, 이모 외주구매본부장 등 대우건설 전·현직 임원 6명을 서울중앙지검에 고발했다.

91년 집에서 쓴돈
3월

이후 대구지검 특수부는 배임 및
배임수재 혐의로 대우건설 임직원 2명을
구속기소 및 추가 기소하면서 이들이
조성한 비자금이 총 257억 원이라고
밝혔다." («프레시안»)

이명박 정부가 4대강 사업에 쏟아부은 돈은 22조 원이다. 그리고 박근혜 정부는 수질 관리에만 5년 동안 20조 원을 사용해야 한다. 4대강 사업의 부작용을 바로잡으려면 65조 원이 필요하다고 한다. 부패의 사슬이 4대강 전 구간에 걸쳐 진행되었다면 얼마의 돈이 범죄에 사용됐는지 예측 가능할 것이다. 국민의 막대한 세금 외에도 수자원공사는 이 공사에 가담하면서 8조 원의 손실을 냈다. 스스로 이 부채를 감당하는 데 30년의 세월이 걸린단다. 그래서 다시 국민 세금으로 막아줄 것을 요구하고 있다. 그러하니 10^{13}원이라는 거대한 자본이 강을 타고 흐른다. 돈 냄새가 하도 고약해 고기도 사라지고 어부도 사라진다. 결국 강과 인류원리라는 것은 자본의 원리였던 셈이다.

›

오랜만에 스님의 가사가 멋지다. 늘 군데군데 기운 낡은 승복만 보다가 당신의 사진전이 열리는 이곳 조계사 내 '나무갤러리'에서 만난 스님은 달라 보인다. 사실 지율 스님과 4대강 문제로 만나 사진전도 하고, 답사도 다닌 지 오래됐다. 4대강 사업으로 파괴된 낙동강 상류를 살려보겠다고 상주로 내려가 살던 스님은 개발 전후를 찍은 사진을 전시한 ‹비포 앤 에프터›로 많은 이들에게 깊은 울림을 줬다. 사실 꽤 부러운 기획이기는 하지만 이렇게 시간과의 싸움을 하는 사진에는 도리가 없다.

이젠 스님이 작가군요.
아유. 그런 말 말아요. 남우세스럽게.
여기 조계사 나무갤러리 아무한테나 안 내준다는데요.
뭐 그건 총무원이 나한테 보험 드는 거지.
음, 거물이시군요.
웃자고 하는 소리예요.

사람들이 잘 아는 회룡포가 내성천에 있다. 내성천 상류 지역인 금강 마을에서 본 내성천의 지류는 대낮에는 은모래, 오후 늦게는 금모래로 변하는 아름다운 풍경이 펼쳐진다. 그런데 이것이 유속을 방해하니 모두 퍼내버려야 마땅하다고 개발론자들은 궤변을 늘어놓는다. 바로 이 내성천에 영주댐이 공사 중이다. 내성천을 막으면 평은, 이산, 문수 지역이 모두 수몰된다. 목적은 홍수 예방과 수자원 확보라는데, 홍수는 지난 100년간 이 지역에서 크게 난 적이 없고, 4대강도 모자라 지천까지 막아 확보한 수자원은 무엇에 쓰려는지 모르겠다. 그 대가로 수많은 수몰 지역 이재민 양산, 우회도로와 철로 건설로 인한 자연 파괴, 운포구곡의 절경 파괴, 문화재 파괴 등은 어찌할 것인가? 다시 돌릴 수 있는 것들인가? 그래서 지율 스님의 사진전은 여러 의미가 있었다. 4대강 싸움 3년 만에 조계종을 이끌어 낸 것이다. 늦은 감이 있지만 처음으로 총무원장이 사진전과 다큐멘터리 영화 시사회에 참석했다. 집행부와 여러 종단의 실세들도 왔다. 물론 조계종 내에서 어떤 판단을 한 것인지는 잘 모르겠다. 4대강이 정권의 약한 고리라 판단했을 수도 있다. 몇 달 전 지율 스님은 낙동강 상류의 더욱 깊은 곳인 내성천변으로 자리를 옮겼다. 회룡포 근처 예천에 집을 얻어 내성천을 기록하고 보호하는 거점을 만든 것이다. 지율 스님은 사진전과 함께 직접 연출하고 편집한 다큐멘터리 영화 ‹모래가 흐르는 강›에서 '우리에게 강은 무엇인가?'라고 질문하며 이렇게 답한다.

"우리는 그동안 모래가 움직이는 에너지를 알려 하지 않았으며 강이 품고 있는 생명의 소리를 귀 기울이려 하지 않았다. 그러하기에 그 결과가 어떻게 돌아올지 예측하지 못했다. 우리가 자연을 폭력적으로 대하는 동안 자연의 놀이터를 잃어버린 우리 아이들은 우리가 너무도 무심하게 강에 가했던 폭력을 배워간다. 우리는 강이 변해간다고 이야기한다. 강은 우리가 변해간다고 이야기한다. 한 가지 분명한 사실은, 이 변화는 강과 강에 깃들어 사는 생명을 파괴하는 방향으로 진행되고 있으며 결코 아름답지 않다는 것이다. 지금 우리가 해야 할 가장 시급한 일은 강에 가하는 폭력을 멈추고, 강의 소리에 귀 기울이고, 아이들에게 자연의 놀이터를 돌려주는 일이며 강이 우리가 입힌 상처를 치유할 수 있도록 기다려 주는 일이다."

내성천 중류 우래교에서 내성천을 바라보면 하중도와 수변의 자연습지가 아름답다. 이 길을 참 많은 사람들과 걸었다. 진보신당 때는 당원들과, 지율 스님을 따르는 시종들과, 때로는 홀로. 부근의 백사장은 광활하고, 하류는 넓고 완만하고 유장해진다. 물길은 다양한 식생을 만든다. 모래와 둔치, 주변 습지가 어우러져 생태의 보고를 만드는 것이다. 이윽고 개포면 일대에 펼쳐진 모래밭은 장관이다. 내가 본 가장 아름다운 모래다. 내성천의 물줄기보다 몇 배 큰 유역이 모래로 덮여 있다. 금모래 은모래라 이름났다. 수만 년 동안 물을 정화하고 생태계를 유지하는 노릇을 해온 이 모래톱이 영주댐으로 수몰된다. 물을 가두기 시작하면서부터 이 모래들을 모조리 퍼냈다. 그리고 소리 소문 없이 누구네 건물을 짓는 특급

건축 자재로 팔려나갔을 것이다. 이 얼마나 어리석은 나라인가? 이 얼마나 멍청한 국민인가? 내 땅, 누대로 물려줘야 할 국토가 이렇게 유린당하고 전유당하는데도 분노하는 이 없다. 이것은 넘겨짚은 말이 아니다. 4대강 공사장 여기저기를 다니다보니 그 흔한 모래 이야기를 꽤 많이 들었다.

모래도 증발할까? 섬전암이라는 것이 있다. 낙뢰가 모래에 떨어지면서 고압의 전기가 엄청난 열로 전환해 모래를 녹여 만든 유리 암석이다. 수집가들에게 꽤 고가에 판매된다고 하니 흔한 것은 아니다. 결국 모래가 사라지기는 하지만 모습만 바꿀 뿐 증발하지 않는다. 그런데 대한민국에서는 모래가 증발한다. 김진애 민주당 전 의원이 입수한 국토부의 「농경지 리모델링 준설토 부족 반입에 대한 조치계획」이라는 문건에서는 금강 3개 지구와 낙동강 19개 지구에서 농경지 리모델링에 사용할 준설토 반출량과 반입량이 280만 1,000세제곱미터의 차이가 발생한 것으로 드러났다. 김 전 의원은 "이는 준설토 10세제곱미터를 실을 수 있는 15톤 덤프트럭 28만 대 분량"이라며 "수사를 의뢰해야 할 사안"이라고 말했다. 모래가 증발한 것이다.

한국 사회 대형 프로젝트의 후유증 중 하나인 빼돌리기에 대상이 있다면 4대강 공사 지역을 다니면서 본 '모래 빼돌리기'가 수상감이라 생각된다. 건축업 종사자라면 다 알겠지만 모래 중에서도 '강모래'가 가장 귀하다. 건축 자재로 으뜸이라는 것이다. 그런 모래가 흙과 뻘이 혼합된 준설토에 함부로 섞일 수 있는가? 준설 때부터 모래는 따로 적치했다. 농지 매립에 사용되는 것은 준설된 흙과 뻘이고, 건축용 모래는 애초부터 돈이 되는 물건이었다. 모래는 증발한 것인가? 빼돌린 것인가? 이명박 정권 당시 장관을 하던 권도엽은 "골재 반입량 차이는 반입된 뒤 다지는 과정에서 물빠짐 등 변형 때문"이라 했다. 그 말대로라면 28만 대 분량의 물이 빠져나간 것이다. 과학적 근거가 있나?

영산강에서 퍼올린 모래는 나주시가 멋대로 관변 단체에게 기증하고, 상주는 시가의 10분의 1 정도인 세제곱미터당 1,300원에 팔았다. 특히 대구·경북 지역의 인심은 참으로 후해 3,000원을 넘어가는 지자체가 없었다. 경상북도 관계자는 "낙동강 사업 초창기부터 준설토 선별 처리를 정부에 요청했으나, 4대강추진본부가 공기 등을 이유로 선별 처리 없이 매각하도록 지침을 내렸다. 세척 시설을 갖추고 공간을 확보하려면 시간, 공간, 예산 등이 많이 들기 때문에 공사의 빠른 진척을

위해 정부가 지침을 내린 것으로 안다"고 말했다. 이 말뜻은 준설토에 모래와 흙이 섞여 있는데 선별할 시간이 없어 헐값에 넘겼다는 것이다. 내 생각에, 헐값에 받은 놈은 노난 것이다. 아니면 함께 노났거나.

이명박은 대선 후보 시절인 2007년 골재 8억 세제곱미터를 준설해 판매한 8조 원으로 "국민 세금을 한 푼도 들이지 않고 대운하를 건설하겠다"고 공언한 바 있다. 국토부도 2009년 6월 '4대강 살리기 마스터플랜'을 발표하면서 준설토 판매 수익으로 전체 사업비의 20~30퍼센트 가량을 충당할 수 있다고 했다. 국토부는 국회에 제출한 자료에서도 준설토 판매 수익금이 3,171억 원이며, 그 중 909억 원을 국고로 환수할 것이라 했다. 그러나 4대강 사업의 준설 공정이 대부분 마무리된 현재까지 지자체의 준설토 판매 대금은 1,892억 원에 불과하다. 특히 생산 비용을 제외한 수익금이 100억 원 이상 발생한 지자체는 단 한 곳도 없어, 국고로 환수된 수익금도 0원이다. 김진애 전 의원은 "경남 창녕군에서 두 명의 전직 군수가 골재 채취업자들에게 뇌물을 받아 구속되는 등 골재 사업은 이미 비리와 특혜의 복마전이 되었다"며 "대구·경북 지역 지자체들이 준설토를 헐값에 매각하는 것은 또 다른 '준설토 게이트'로 발전할 수 있다"고 했다. 모래는 증발하지 않았다.

멀리 뚝방 너머 마을이 있고, 밭과 논이 있다. 자주 침수되는 곳도 있다. 강 주변에서 사람들은 오랫동안 살아왔다. 가뭄 피해를 입어도 자연이 주는 혜택이 더 컸기 때문이다. 지금 이곳은 사유지로, 내셔널 트러스트 운동의 거점이 될 수 있다고 스님은 이야기한다. 상습 침수 지역을 사들여 습지로 보호하고 강의 개발을 막아낼 수 있는 근거를 마련한다는 것이다. 현재 '내성천 1평 사기' 내셔널 트러스트 운동이 쭉 진행되고 있다. 내성천의 영주댐은 완공 단계이며, 물막이가 시작되면 하류 예천 지역은 물 부족으로 모래가 사라지고 지하수가 고갈될 것이다. 따라서 지금 건설되고 있는 영주댐은 철거돼야 한다. 그리고 내성천 주변 2킬로미터의 수몰 지구를 자연습지로 되돌려야 한다. 영주는 거대한 자연습지를 갖게 되며 예천은 예전처럼 물 걱정이 없을 것이다. 이것이 지율 스님이 생각하는 자연과 인간이 공생하는 내성천의 미래다.

봉화에서 시작한 내성천의 100킬로미터 끝자락은 삼강이다. 여기서 내성천, 안동천, 금천이 만나 낙동강을 이룬다. 삼강 합류 지점으로부터 얼마 떨어지지 않은 곳에 상주보가 완공됐다. 누구 눈에는 거대한 현대

건축물처럼 보일 것이다. 사실 보라고 우기지만 거대한 댐과도 같다. 주변에는 여전히 거대한 모래 산들이 있다. 4대강 준설을 하고 쌓아놓은 모래들이다. 이를 '명박토성'이라 부를 것이다. 만일 1,000년 후 역사학자들이 이 토성을 발굴하고는 '21세기 초에 포악한 통치자가 있어 전 국토에 이런 토성을 쌓고 국민을 가렴주구했노라'라고 기록할지도 모른다. 조금 더 그들에게 구체적인 기록을 전달하기 위해 저 거대한 토성에 카메라의 초점을 맞춘다.

안셀 애덤스Ansel Adams(1902~1984)라는 미국 사진가가 있다. 흔히 예술적인 풍경 사진의 대가라고만 알려져 있다. 하지만 그의 삶에는 독특한 이력이 있다. 어릴 적 피아니스트가 되는 것이 꿈이었던 그는 20대에 사진으로 전향했다. 연초점의 '뽀샤시'한 회화적인 풍경 사진에 반기를 들고 사진 자체가 예술이 되길 원했다. 그가 참여했던 'F64' 그룹의 이름처럼 극사실의 풍경을 사진으로 재현하는 데 힘썼으며, 그 사진에 담긴 국립공원의 파괴를 막는 데 헌신했다. 흔히 사진은 사물의 표면을 강탈하는 특성이 있다. 그 몰염치한 행위가 사진가를 괴롭힐 때 나설 수 있는 행동은 그만한 대가를 지불하는 것이다. 대상이 사람이건 풍경이건 마찬가지다. 나의 내성천 사진은 어떠한가? 안셀 애덤스처럼 대형 카메라에 존 시스템Zone System을 사용해 황홀하리만치 찍지 못하는 것이 괴롭다. 그리하여 내성천의 파괴를 막고 그 아름다움이 누대를 갔으면 좋겠지만, 능력의 한계를 알기에 오늘도 그곳에 가서 부지런히 셔터를 누른다. 채 그 아름다움을 찍어보기도 전에 준설과 파괴로 내성천의 본모습이 사라질까 그것이 두려울 뿐이다.

존 시스템
사진가 안셀 애덤스에 의해 체계화된 빛과 감광물질의 반응 시스템이다. 스팟으로 노출을 측정한 후 촬영 단계에서 현상의 반응을 미리 예측하는 것이다. 1~10단계까지의 풍부한 계조를 표현할 때 사용한다.

안셀 애덤스의 사진을 닮고 싶어 하는 사진가들이 모여드는 곳이 있다. 그들에게는 출사 성지와도 같은 곳이다. 청송 주산지다. 이 인공 저수지는 조선 숙종 때인 1720년에 쌓기 시작하여 경종 때인 1721년에 완공되었다. 길이 100미터, 너비 50미터, 수심 7.8미터다. 한 번도 바닥을 드러낸 적이 없어서 저수지 아래의 이전리 마을에서는 해마다 호수 주변을 정리하고, 동제를 지낸다. 김기덕 감독의 영화 ‹봄 여름 가을 겨울 그리고 봄›의 촬영지로도 유명하다. 사진가들이 몰려드는 까닭은 바로 물에 잠겨 자생하는 왕버들 때문이다.

왕버들은 호숫가나 물이 많은 곳에서 자란다. 높이는 약 20미터까지 자라고 껍질은 회갈색이다. 잎은 어긋나 있고 새로 나올 때 붉은빛이 돌며 타원형으로 가장자리에 잔톱니가 있다. 주산지의 왕버들은 물에 잠겨 신비한 풍경을 연출하지만 사실 맹그로브숲처럼 물 안에서는 살지 못한다. 가끔 아랫마을에서 물을 빼기 때문에 어렵게 살아가는 것이다. 그렇다면 왕버들의 제대로 된 모습을 어디서 볼 수 있을까?

지율 스님도 만날 겸 몇몇 지인과 물이 꽤 불어난 내성천에 몸을 담그기도 하며 한참을 돌아다녔다. 햇볕은 따갑고 물은 맑고 하늘은 청명했다. 하지만 주변 영주댐 건설로 어수선하다. 이곳에서 왕버들을 만났다. 강변을 따라 길게 늘어선 왕버들 군락은 내성천의 또 다른 풍경이다. 물을 좋아하는 습성 탓에 강변에 뿌리를 내리고 물가에 보기 좋게 앉은 모습이 왕버들의 풍류다. 나나 스님이나 서로 가난하니 걷거나 자전거를 타며 사진을 찍는다. 전에 경천대를 기록한 사진을 들고 시청에서 광화문 일대를 걸었다. 그 사이 낙동강은 무참히 깨져나갔고, 스님은 거처를 내성천 더 깊숙이 옮긴 것이다. 그리고 내성천 지킴이를 자처하며 사람들을 불렀다. 시인도 가고, 그림 그리는 이도 가고, 사진가도 그곳으로

영주댐

영주시 내성천에 들어서는 댐이다. 2014년에 물을 채워서 평은면 금광리·강동리 및 면사무소와 중앙선 승문역–옹천역 구간이 수몰될 예정이다.

갔다. 조계사 앞에 컨테이너 박스를 설치하고는 내성천 미술관이라 했다. 그 안에서 내성천의 기록 작업을 내보였다. 그렇게 수년을 보냈다. 하지만 저들은 내성천을 가만두지 않았다. 스님은 한밤중에 전화를 했다. 목소리는 떨렸다. 내성천변 그 아름답던 왕버들이 모조리 베어졌단다. 당장 내려가야 했다. 내성천이 아름다운 것은 첫째가 모래요, 둘째가 왕버들이 있어서다. 개포면 내성천에는 수백 미터 왕버들 군락이 이어져 있다. 이 그늘 아래 물고기들이 살아가며 내성천의 생태를 이뤘다. 가끔 큰물이 나서 나무가 쓰러져도 그 옆으로 새끼 나무들이 또 자라 숲이 사라지는 일은 없었다.

현장은 끔찍했다. 수백 그루의 왕버들이 베어졌다. 이건 학살이다. 이 자리에 자전거도로를 내겠단다. 이 자리뿐 아니라 수변의 나무들도 모두 사라졌다. 그 잔가지들을 모아둔 곳은 무덤처럼 보인다. 말 못하는 나무라 그리 됐고, 무관심한 주민들이라 그리 됐다. 바라보는 지율 스님이 속으로 운다. 이 처참하게 잘려나간 나무를 보며 세종 이도를 생각했다. 봉건시대에는 백성이라 했고, 군사정부 시절에는 스스로 민중이라 했다. 원로 사진가 육명심은 둘을 합해 백민이라고도 했다. 요즘은 국민이라 한다. 하지만 '국민국가'의 동일체성은 황국 신민의 그것에 다름 아니다. 그리하여 나는 국민이라는 단어를 잘 사용하지 않는다. 대신 인민이라 한다. 나무든 인민이든 소리치지 못하면 이리 된다. 나무의 무덤들이다. 지자체에서 8억 원을 들여 정지 작업을 했다고 한다. 그 정지 작업이란 준설을 위한 것이다. 지천에 대한 예산 책정이 통과되기도 전에 미리 작업을 해두는 것이다. 지자체가 기대하는 수천억 원의 예산은 내성천을 어찌 바꿀 것인가? 내성천의 모래를 퍼내고 둔치에 자전거도로를 만들어 무슨 이득이 있는가? 이 광기의 삽질은 자연만 파괴하는 것이 아니라 인간의 정신마저 으깨버릴 것이다. 지율 스님은 깊이 절망한다.

그리고 내성천에 눈이 왔다. 추사 김정희의 ‹세한도›(국보 180호)에는 눈 내린 풍경 속에 집 한 채 그리고 소나무 다섯 그루가 서 있다. 보기에 따라 이 그림이 왜 조선 회화사에서 가장 중요 작품인가 의아할 수도 있다. 게다가 제주에 유배된 추사가 제자 이상적의 복권 운동에 감읍해 보낸 선물이니 정치적으로 이해될 수도 있다. 하지만 자세히 보면 참 좋은 그림이다. 한없이 단순하다. 하얀 눈으로 세상은 농담이 지워지고 그저 푸를 것 같은 소나무만이 선비의 기개를 보여준다. 게다가 자세히 보면 집 문이 결코 세울 수 없는 각도로 나 있다. 한 획을 첨가한 것인데 서로 다른 각도의 사물의 모습이 한 폭에 담겼다. 마치 입체파의 도래를 알리는 아이디어 같다. 사진도 그렇다. 좋은 사진은 대개 단순하다. 한 프레임에 많은 것을 집어넣지 않는다. 억지로 연출한 사진이 아니라면 그 단순함을 프레임에서 구성해 내는 것도 사진가의 능력이다. 또한 좋은 사진은 입체적이다. 2D의 판판한 프린트를 입체적으로 표현하는 것이 가능한가? 물론 불가능하다. 그럼에도 우리는 사진에서 입체적인 구성을 본다. 피사체의 거리에 따라 우리는 렌즈를 조작하거나 콘트라스트를 조절하면서 입체감을 만든다. 사진은 카메라가 만들어 주지만 결국 사진을 작품으로 만드는 일은 인간이 할 수밖에 없다. 요즘 여행을 하면서 카메라를 안 가지고 다니는 사람은 없을 것이다. 여행과 사진은 이제 우리의 일상이 되었다. 어떤 이는 렌즈 교환형의 묵직한 카메라를 배낭에 넣고 다닐 테고, 어떤 이는 걷는 것이 방해될까 작고 가벼운 똑딱이 카메라를 주머니에 넣고 다닌다. 그도 귀찮다면 핸드폰을 꺼내면 될 일이다. 이렇게 카메라의 크기는 달라도 여행자들은 같은 생각을 한다. 좋은 날 찍은 사진이 잘 나온다는 생각이다. 적당한 색 온도에 충만한 빛 상태에서 사물의 색도 선명할 때 사진을 찍고 싶은 것이다. 하지만 꼭 그런 것은 아니다. 세상은 비도 오고, 눈도 오고, 흐리고, 안개도 끼곤 한다. 그런 상태에서 찍은 사진이 사람의 마음을 움직인다. 여행자의 심리를 반영한다. 빛이 쨍쨍하면 카메라를 가방에 집어넣고는 잠을 잔다. 이런 날은 느낌이 오지 않는다. 그리고 어느 때 어디에 눈이 내릴 것 같다면 재빨리 장비를 챙겨 떠난다. 내성천이다. 여기서도 다시 추사를 만난다. 그 한없이 단순한 세계에 매료된다. 내성천은 깊지 않다. 하지만 저 모래 속을 깊게 흐른다. 그렇게 강이 강처럼 보인다. 사진은 무엇을 할 수 있을까? 저리 자전거를 타고 내성천을 도는 지율 스님의 뒷모습에서 그래도 작은 희망을 발견한다. 자연에 대한 폭력을 멈출 수 있으리라는 작은 희망. 오늘도 스님은 그 희망을 배달하는 ‘일 포스티노’가 된다.

II

세종대왕
測雨臺

광화문에서

›

세종은 백성의 말글이 가진 장애를 안타까워 했지만, 우리는 오늘 타인의 신체적 장애에도 무관심하다. 광화문광장에서 열린 고 김주영 씨(2012년 사망) 노제에서 본 이 풍경은 참으로 아이러니하다. 그녀는 집에서 일어난 작은 화재도 피하지 못한 채 참사를 당했다. 우리가 전보다 나은 사회에 살고 있다고 누가 확신하겠는가? 광화문으로 올라가는 계단은 여전히 '온전한 우리'에게만 열린 듯하다. 죽음으로 얻은 공간이다. 아프다. 그리고 얼마 후 '세계 장애인의 날' 집회가 다시 열린 광화문광장은 겨울비로 젖었다. 고 김주영 씨 사건 여파로 이날 장애인들에게 차가운 비 이상으로 비장함이 흘렀다. 한국에는 200만 명의 장애인이 존재한다. 하지만 비정규직, 성소수자, 양심적 병역거부자 등 차별을 당하는 사회적 장애인도 수두룩하다. 들리진 않지만 분노하고 소리치고 울고 있다. 제발 좀 들어다오. 비에 얼룩진 사진에는 그 말이 새겨졌다.

정치인 나경원이 장애인 문제로 논란에 오른 적이 있다. 중증 장애인을 목욕시키는 그녀의 사진이 문제였다. 사진으로 뭔가를 보여주고 싶은 욕망 때문에 벌어진 일이다. 나경원 측은 연출된 사진 논란에 대해 시설 측 사진가의 요구라 했지만, 증언한 측근은 오히려 나경원과 친한 사진작가가 연출 사진을 찍기 위해 준비한 상태였고 사진기자들이 덤으로 취재를 한 것이라고 자폭해 버렸다. 즉 모든 것이 사전에 연출된 상황이라는 것이다. 여기서 다만, 진실이 남는다. 나경원-사진가-장애인 사이의 관계에 대한 진실 말이다. 아마도 사진작가는 이런 사진을 원했을 것이다. 유진 스미스Eugene Smith(1918~1978)가 일본에서 찍은 미나마타병 환자 도모코의 사진 말이다. 전 세계적으로 유명한 사진이고 공해병을 환기시키는 데 일조한 사진이다. 하지만 이 사진은 당시 일본의 관습을 벗어나 있었다. 장애인의 나체를 온전히 노출하는 것이 옳은가에 대한 비판도 있었다. 하지만 성모와 예수를 연상시키는 이 피에타 풍의 사진은 경쟁적으로 공해병을 취재하던 구와바라 시세이桑原史成(1936~)를 무릎 꿇게 했다. 그 사진작가는 나경원의 모습 역시 이렇게 찍고 싶었을지 모른다. 시설에 예약을 하고 사람을 물색하고 조명 장치를 미리 설정했을 것이다. 하지만 결코 이런 사진은 만들어질 수 없다. 그 비슷하게 흉내를 낸 상업 화보쯤은 가능해도 사람 사이의 관계는 결코 만들어질 수 없다. 공해병 취재로 야쿠자에게 칼을 맞아 장애인이 된 유진 스미스와 나경원의 정치적 목적을 위한 연출 사진을 찍으려 한 사진작가 사이에는 한없는 거리가 떨어져 있다.

그래서 생각했다. 사진에도 좌파 사진가가 존재하는가? 폴 스트랜드Paul Strand(1890~1976)는 역사적으로 유명한 사진가다. 하지만 사진 속에서는 그의 성향을 느낄 수 없다. 그는 미국 사회주의 동맹에 소속된 사진가였고, 그러한 성향의 사진가들이 모여 '포토리그Photo League'라는 집단을 만들었다. 그는 러시아의 에이젠슈타인에게 영화를 배우고자 했으며 결국 매카시 열풍 탓에 고국으로 돌아오지 못한 채 해외를 떠돌았다. 그를 결국 망명객으로 만든

김주영
1급 뇌병변장애인으로 장애인 권익 운동단체인 '전국장애인차별철폐연대'와 '장애우권익문제연구소' 등에서 활동가로 일했다. 2011년부터는 사이버대학에서 사회복지학 공부를 시작했다. 2012년 자신의 집에서 일어난 작은 화재를 대피하지 못하고 그 자리에서 사망했다.

포토리그는 어떤 집단인가?

지금까지 사진사에 나타났던 가장 강력한 정치 사진 그룹으로 뉴욕에서 1936년부터 1951년까지 활동했다. 포토리그는 루이스 하인, 아론 시스킨드, 헨렌 레빗, 잭 매닝 등이 활동했다. 그들은 다음과 같이 선언했다. "사진은 막대한 사회적 가치를 갖고 있다. 사진가들에게는 오늘날 세계에 대한 참된 이미지를 기록해야 할 책임과 의무가 있다. 오랫동안 사진은 조형주의자들의 헛된 영향 때문에 고통 받아왔다. 포토리그는 미국을 촬영하기 위해 카메라를 사용하려는 정직한 사진가들의 손에 카메라를 되돌려주려는 것이다." 좌파 사진가 그룹인 포토리그는 1930년 국제노동자구조협회의 문화 활동 그룹으로 시작됐으며, 1936년 영화 그룹과 결별하고 순순한 사진가 단체가 됐다. 이들은 «포토리그»라는 이름의 기관지를 발행했으며, 에드워드 웨스턴은 이를 "오늘날 미국 최고의 사진 잡지"라 평했다. 이 잡지를 발간할 때 미국 현대미술관의 버몬트 뉴홀과 폴 스트랜드, 존 베이천 등이 참여해 자문했다. 이들은 뉴욕에 찾아온 사진가들을 초빙해 무료 강연을 열었다. 이 강연자는 로이 스트라이커, 베레니스 애보트, 안셀 애덤스, 에드워드 웨스턴, 도로시어 랭, 폴 스트랜드, 루이스 하인 등이었다. 이들은 진보적인 학습, 사진 취재, 전시, 기관지 발간, 사진 아카이브 구축, 강연 및 대중 교육활동을 펼쳤다.

이들이 활동을 중단할 수밖에 없었던 것은 매카시 광풍과 빨갱이 사냥 때문이었다. 당시 법무장관 톰 클락은 103명의 포토리그 회원들을 공산주의자로 규정했고, 조직은 불온단체로 규정됐다. 하지만 포토리그에서 사진을 공부한 사람이 1,500명 이상이었고 미국뿐 아니라 전 세계적인 명성을 얻은 사진가들 역시 많았다. 포토리그는 사라졌지만 그 사진의 정신은 오늘날 다큐멘터리 사진 정신에 깊게 스며 있다.

사실 포토리그에 속한 사진가 개개인의 사진 한 장으로 사진가의 정치적 입장을 파악할 수는 없다. 그래서 우리는 사진가의 작업에 담긴 맥락을 읽을 수밖에 없다. 한 장이 아니라 여러 사진, 편집된 사진 속에서 그 정치적 문맥을 읽어야 한다. 사진은 결코 중립적이거나 불편부당한 매체가 아니다. 모두 사진가의 세계관을 반영한다. 혹시나, 그렇지 않다고 이야기하는 위선에 대한 나의 답이다. 그렇다면 사진 정치학도 있는가? 있다. 나 역시 명확한 정치적인 태도에 따라 사진을 발표한다. 그 뿌리는 폴 스트랜드와 루이스 하인 등이 속했던 포토리그에서 출발한다. 하지만 사진이 정치적인 힘을 가지려면 이념보다는 사실에 충실해야 한다. 사진가의 인위적인 연출 또는 상관성이 없는 소재를 한 프레임에 넣어 허구의 사실을 만들어내는 행위는 나경원의 예에서 잘 볼 수 있다. 거짓 정치를 하는 사진이다.

내가 사진이라는 매체로 99퍼센트인 인민들의 이야기를 하는 이유는 이들 대부분에게 자신의 목소리가 없기 때문이다. '1퍼센트'의 권력과 자본이 99퍼센트 이상의 미디어를 장악하고 있다. 그러니 사진가의 입장에서는 늘 미디어가 없는 쪽을 선택하게 된다. 그들의 이야기를 어떻게 대변할 것이냐가 사진가의 중요한 화두가 된다. 사진가는 분명히 노동자 계급이 아니다. 인텔리겐차에 가깝다. 그러나 노동자 계급처럼 행동한다. 사실 조직화만 되지

폴 스트랜드
미국의 사진가이자 영화 제작자다. 앨프리드 스티글리츠, 에드워드 웨스턴 등과 함께 모더니즘 사진의 기수로서 20세기 사진이 예술의 경지에 올라서는 데 중요한 역할을 했다. 60여 년 동안 아메리카, 유럽, 아프리카 각지를 누비며 다양한 장르에 걸쳐 숱한 작품을 남겼다.

않았을 뿐, 늘 발로 뛰어다니고 현장에서 그들과 함께 육체적으로 부대끼기 때문에 사진가의 삶은 노동자 계급과 비슷하다. 그래서 그들 편에 서서 동정할 수밖에 없다. 하지만 문제는 이 결과물이 1퍼센트의 자본과 권력의 미디어 안에서 해결되지 않으면 먹고 살기가 힘들다는 딜레마다. 노동자 계급의 이야기를 대변했다고 노동자들이 사진가들의 사진을 사준 역사는 없다. 작품을 살 돈 역시 없다. 결국 사진가들의 몸과 정신은 이 자본주의 사회에서 따로 논다. 그렇다면 사진가들이 사진의 이상과 밥벌이를 함께 해결할 방법은 있는가? 물론 불가능하진 않다. 이런 죽음의 행렬 속에 어떤 사회적 의미가 있는지를 알리고 유통시킬 '99퍼센트'들의 미디어가 존재한다면 가능하다. 그래서 끊임없이 재생산할 수 있는 구조를 사진가와 대상 스스로 만들지 않으면 안 된다. 사진을 여기서 찍고 저기 가서 판다면 결국 그 작가의 진정성은 의심받을 수밖에 없다. 사진이 표리부동하다고 사진 찍는 사람마저 표리부동해선 안 되지 않겠는가. 언론의 주목도 받지 못하는 힘겨운 몸짓의 장애인과 그들을 사진으로 담는 나는 함께 차가운 겨울비를 맞는다.

죽이지 마라'
10:00 ~ 18:00

마석에서

›

내 사무실이 있는 충무로에서 시내로 들어가는 길에는 세종호텔이 있다. 그곳에 얽힌 추억이 있다. 열아홉 살 때 생일 선물로 아버지가 준 뷔페 시식 쿠폰 세 장으로 친구들과 세종호텔 레스토랑에 갔다. 그곳에서 고참 웨이터에게 배운 뷔페 즐기는 법. 조금씩, 여러 번, 맛있는 것부터. 이것이 내 뷔페 식습관이 됐다. 내 기억 속 그들은 호텔 노동자라기보다 우아한 선생님 같았다. 그리고 오늘 호텔 앞을 지나다 보니 로비는 아비규환. 노조원과 구사대 용역 경찰이 엉켜 난리가 아니었다. 이제 호텔 노동자는 육체적인 서비스뿐 아니라 정신적인 서비스까지 한다. 비굴할 정도로 손님들의 비위를 맞춘다. 얼마나 스트레스를 받는가? 하지만 화려한 성채에 가려 그 하인들은 주목받지 못한다. 로비에서 농성을 벌이는 조합원에게 김진숙을 소개한다. 하지만 여기 노동자 중에도 한진중공업의 김진숙을 이해하지 못하는 사람들이 많을 것이다. 왜 200일 넘게 거대 크레인에서 고공 농성을 벌였는지 말이다. 뒤편에서 들리는 소리는 더 하다. 누구는 노사가 해결할 문제라 하고, 누구는 대놓고 권력과 자본의 편을 든다. 그들도 노동자이고, 서민이다. 하지만 이제 노동자는 정규직과 비정규직으로 나뉜 새로운 차별의 시대를 살고 있다. 어쩌면 이해하려 하지 않는다고 보는 편이 옳을지도 모르겠다. 이해를 못하는 수준을 넘어 노동자들끼리 비난하고 욕하고 멱살을 잡고 폭행을 하는 것이다. 정규직 구사대라며 폭력을 휘두르는 추한 행동 뒤에서 자본의 은밀한 미소를 상상했다.

가는 길이 빙판이다. 설마 비정규직은 황천길도 차별받을까마는, 산 자도 죽은 자도 모두 하늘로 올라가는 현실이 참으로 안타깝다. 스스로 목숨을 끊은 기아자동차 화성공장 비정규직 노동자의 장례가 마석 모란공원에서 치러졌다. 그의 나이 불과 서른다섯이었다. 내가 들르지 못했던 그날 오전의 풍경은 이렇게 묘사됐다.

문
門

고인의 명복을 빕니다
박지연
KBS

"장례는 이날 오전 7시 윤씨가 안치된 경기도 화성중앙병원 장례식장에서 발인으로 시작됐다. 동지와 지인들의 분향과 묵념, 구호 등으로 간단히 발인제를 치른 뒤 운구는 고인이 일하던 기아자동차 화성공장으로 향했다. 오전 8시 20분경 화성공장 노동조합 사무실 앞의 민중광장에서 노제가 열렸다. '비정규직 없는 세상, 해고 없는 세상' '윤주형 동지 편히 가소서' 등이 적힌 20여 개의 만장을 앞세운 운구가 노조 사무실 앞에 자리한 뒤 노제가 시작됐다. 영하 15도를 오르내리는 차가운 날씨에도 배재정 금속노조 기아자동차지부장, 장례위원장인 송광영 화성지회장 등 노조 간부들과 동료 조합원, 지인과 연대단체 회원 등 200여 명이 참석해 고인의 넋을 위로했다. 분향과 고인의 약력 소개에 이어 고인의 생전 육성이 담긴 영상이 상영됐고, 추모사가 이어졌다." («민중의소리» 2013.02.07.)

내가 이사로 있는 한국비정규노동센터의 대표인 사회학자 조돈문 선생과 언 땅을 파고 있는 금속노조 사람들 옆에서 사진을 찍고 있었다. 노동 열사에 대한 추모 분위기는 묘하게 가라앉아 있었고 곳곳에서 묘한 말싸움들이 벌어졌다. 윤주형은 누구인가? 고 윤주형 씨는 2007년 기아자동차에 비정규직 노동자로 입사하여 2008~9년에 대의원 활동을 하고, 잔업 거부 투쟁을 하는 등 열정적으로 활동하다가 2010년 4월 해고되었다. 2009년 현장에서 차별 없는 균등한 작업 물량 배분을 요구하는 투쟁을 전개하여 이 문제에 관한 합의서를 작성하고, 추후

윤주형
1977년 출생
2007년 기아자동차 화성공장 도장공장 비정규직 입사
2008년 금속노조 기아자동차지부 화성지회 대의원
2010년 4월 징계해고, '기아차 해고자복직 투쟁위원회' 결성
2011년 한진중공업 '희망버스' 참가
2012년 희망뚜벅이, 희망광장, 공동투쟁단 참여, 쌍용차 대한문 농성 연대
2013년 1월 28일 자결

민·형사 상 책임을 묻지 않겠다는 구두 합의까지 만들어냈다. 투쟁의 성과물인 합의에도 불구하고 사측은 고 윤주형 씨를 고소·고발하고 해고를 하는, 소위 말하는 '뒤통수 치는' 행위를 하였다. 그럼에도 고 윤주형 씨는 자신이 속한 노동조합인 금속노조 기아자동차지부와 금속노조로부터 '정당한 노동조합 활동'으로 인한 해고를 인정받지 못하고, 금속노조와 기아차 지부로부터 신분 보장 기금을 받지 못한 채 공장 앞에 있는 자취방에서 어렵게 생계를 꾸려왔다. 2012년 기아자동차지부 대의원대회에서도 고 윤주형 씨는 '정당한 조합 활동을 승인받지 못했다'는 이유로 그의 해고 문제가 안건에 상정조차 되지 못하는 아픔을 겪은 적도 있다. 그 과정에서 정규직 노조 어용 대의원들은 고 윤주형 씨를 조롱하기도 했다. 고 윤주형 씨는 지난해 총선에서 개인적으로 선거 운동에 참여하고, 통합진보당을 지지하지 않는다는 이유로 모 현장 조직원들로부터 수 차례 협박당한 것으로 전해진다(르포작가 연정의 기록). 그의 유서를 읽었다.

> "무엇을 받아도 기쁘지 않았습니다. 내 마음이 그런 것을 어쩔 수 없었답니다. 아무도 내 이름을 기억하지 않았으면 하고 구구절절을 남깁니다. 용서를 구합니다. 혹여, 다만, 어울리지 않는 열사의 칭호를 던지지 마세요. 잊혀지겠다는 사람의 이름으로 장사하는 일은 얼마나 잔인한 일인지요. 아마도 저는 평생 엄마를 찾아 헤맸나 봅니다. 조직도 노조도 친구도 동지도 차갑더라구요. 허기진 마음을 채울 수가 없어 너무 힘이 들었지요. 버티는 일조차 힘이 들더라. 세상에 낳는 건 누구나 평등해도 사는 일은 그렇지 않았는데, 참 다행인 것은, 그 누구나 죽음을 자신의 의지로 선택할 수 있다는 점이네요. 다행, 참 다행."

읽고 또 읽어봐도 그의 죽음은 열사와 거리가 멀다. 그는 정규직 노동자는 자기 같은 비정규직과 다른 차원의 사람들이라 생각했다. 임금만 다른 것이 아니라 그들은 비정규직 노동자의 머리 위에서 군림하는 사람들이었다. 도대체 우리 노동은, 우리의 노동운동은 어떻게 돌아가는 것일까? 나보다 더 열심히 사진을 찍는 조돈문 선생에게 묻는다.

도대체 어제 뭔 일 있었나요? 분위기가 너무 안 좋네요.
어젯밤에 기아차 정규직 노조 위원장이 조문하면서 마찰이 있었다는군요.
그럼 이건 누가 상주인 건가요? 기아차 노조인가요, 금속노조인가요?
원청하고 하청하고 다른 거지. 경영 쪽 사람들하고 마찰 일으키기도 싫고.
그럼 비정규 노동운동은 첩첩 산중이군요.
정규직화 투쟁만이 모든 것은 아니라고 늘 이야기하지만, 뭐 현실이니까.

하관식을 거쳐 12시경 시신은 마석 모란공원 민주열사 묘역에 안장됐다. 당초 일주일 전에 치러질 예정이던 장례가 '원직 복직'을 요구하며 장례 연기를 주장하는 해고자 조합원들의 반발로 미뤄졌던 것이다. 정규직 노조는 이들에게 복직을 위해 '관 장사'를 한다고 비난했다. 그러면서 하청회사와 협의해 명예 사원으로 추대하겠다고 했다. 이에 해고자들은 고 윤주형 씨의 명예 회복과 원직 복직을 요구했다고 했다. 그리고 오늘 윤씨의 원회사인 창명산업으로 인사발령하기로 사측과 합의하고 장례가 치러졌다. 눈 가득 쌓인 모란공원을 거닐며 수많은 사람들과 만났다. 전태일을 만났고, 이소선 어머니를 만났고, 문익환 선생을 만났고, 내 또래 김귀정 열사도 만났다. 이 민주열사 묘역에 자꾸 새 식구들이 들어오는 것을 그들은 어찌 생각할까?

›

새벽 동대문을 돌아다니다 보면 정말 "도시는 상업으로 구성된 인간의 거주지구나" 하는 생각이 든다. 의식주 중 하나인 옷만으로 이렇게 거대한 시장이 형성된 것도 놀랍고, 그 안에서 수많이 사람들이 열정적으로 일한다는 것도 놀랍다. 디자인하고, 만들고, 팔고, 사고, 다시 판매하는 그 시스템 속에 머리카락 휘날리며 달리는 청년들을 보고 있자면 "오늘이 힘들어도 내일은 있구나" 생각이 든다. 하지만 현실은 암울하다. 청년 실업률은 10퍼센트에 육박한다. 군대, 대학원 등을 감안하면 실제 실업률은 훨씬 높을 것이다. 그런데 최근 현대자동차 노동조합의 '고용 세습' 합의는 충격적이었다. 아니, 도발적이다. 자기 자식을 고임금의 직장에 가산점을 부여해 승계시키자는 발상 자체가 일반 사회에 대한 도전으로밖에는 들리지 않았다. 민주화의 상징처럼 행동해왔던 노동조합 스스로 노동 기회의 평등권을 부정하는 '이기적 조합주의'를 염치없이 주장하는 세상이다. 이 살벌한 세상에 노출된 청년들에게 민주화를 위해 싸웠다는 기성세대는 무슨 말로 합리화할 수 있을까? 아니 이 동네에서 오래전 미싱사로 옷을 만들며 노동조합 활동을 하고 끝내 자신의 몸에 불을 당긴 전태일은 이런 모습을 보면 뭐라 할까?

동대문 근처 청계천을 가로지르는 버들다리. 요즘은 전태일다리로 개명하자는 캠페인 덕에 더 유명세를 탄다. 북쪽으로 동대문시장이, 남쪽으로는 평화시장이 있다. 오가는 사람과 지게꾼, 오토바이 들로 북적거린다. 전태일 재단에서 일하는 한석호 씨를 오랜만에 만났다. 나와는 같은 당의 동지이기도 하다.

요즘은 이 다리 앞에서 살다시피 하는군요.
이 다리는 살아 있어요. 삶이 있죠.
이제 전태일 열사가 죽은 지도 40년이 되는군요.
매년 11월 13일이 그의 기일이죠.

아름다운 청년 전태일
The Beautiful Young Man, Chun Tae-il
이곳에서 산화하다
이소선

기륭 최동렬 회장은
가산동 부지 위장 매각
위장 투기개발을 즉각 중단하고
직접고용 정규직화에 즉각 나서라!!

전태일의 동상과 다리 개명을 위한 현수막이 걸려 있어 확실히 느낌이 다르다. 다리를 오가는 젊은 청년들은 전태일의 생전과 다르지 않게 청계천 주변에서 일을 하거나 장사를 한다. 시대가 바뀌었고 차림새도 달라졌을 것이다. 아니 전태일도 달라졌다. 만화 『태일이』의 작가 최호철 화백이 캐릭터화한 전태일은 이제 노동 대신 문화를 외치고 있다. 하지만 현실도 그러할까? 한때 잊히다시피 했던 전태일이 다시 부활하고 있다. 신자유주의 시대가 만들어놓은 노동계 상황 때문이다.

"나는 돌아가야 한다. 꼭 돌아가야 한다. 불쌍한 내 형제의 곁으로, 내 마음의 고향으로, 내 이상의 전부인 평화시장의 어린 동심 곁으로… 조금만 더 참고 견디어라. 너희들의 곁을 떠나지 않기 위하여 나약한 나를 다 바치마."
전태일의 1970년 8월 9일 일기 중에서.

장시간의 노동과 저임금. 노조 활동을 방해하고 감시와 탄압을 일삼는다. 노동자들을 직장에서 내몰고 직장을 폐쇄한다. 이는 전태일 생전의 일이 아니다. 오늘날 대한민국에서 버젓하게 벌어지는 노동 현장의 모습이다. 구로공단에서 거의 최초로 파견직 비정규 노동자를 사용한 기륭전자의 터는 황폐한 모습이다. 정규직을 해고하고 위장된 고용 형태로 파견직을 사용하다가 노동자들이 반발하자 이렇게 공장을 없애버린 것이다.

기륭전자 앞에 멈춰선 포클레인은 예술품이 되고 말았다. 사측에 협상을 요구하며 농성을 벌이던 조합원들의 거처를 부수려했던 이 기계가 현장 활동을 하는 예술가들에 의해 작품으로 변신한 것이다. 회사 수위실 옥상에 텐트를 치고 18일째 단식 농성을 하고 있는 윤종희, 오석순 조합원. 현장을 지키는 열 명의 남은 조합원들은 6년 동안 정규직 채용을 요구하며 이 지난한 싸움을 버텨왔다. 하지만 이제 이들은 자신만의 것이 아니라 이 나라 비정규직 노동자들의 최전선에 서 있음을 느낀다고 했다. 지난여름부터 뙤약볕 아래 옥상에 올라가 농성을 했다는데 이제 찬바람이 돈다. 앞으로 다가올 겨울이 걱정이다. 과연 이 싸움은 끝나기는 하는 것일까? 왜 이 땅에는 진짜 사장이 아닌 유령 사장이 고용한 노동자들이 더 많을까? 분명 그들은 노동자인데, 왜 노동자 대접을 못 받는 것일까?

포클레인 위에서 16일째 농성하고 있는 김소연 금속노조 기륭전자 분회장. 이곳에서 기륭 투쟁을 조직하고, 기자들에게 보도자료도 보내고, 회의도 하고, 간간이 책도 읽는다. 공중에 만들어진 노조 사무실이다. 그런데 그녀를 만난 이튿날 놀랍게도 사측과의 협상이 타결되었다는 소식이 들렸다. 1,895일간 이어진 기나긴 싸움의 탈출구가 보인 것이다. 윤종희, 오석순 조합원은 비로소 단식을 마치고 옥상에서 내려올 수 있었다. 사측과의 협상 과정을 설명하는 내내 눈물을 흘리던 김소연 분회장은 결국 옛 조합원 언니들을 만나고는 흐느끼고 말았다. 떠난 자와 남은 자의 만남은 온갖 상념으로 교차한다. 기륭전자 노조 설립 당시 200여 명이었던 조합원 수는 현재 열 명으로 줄어 있다. 사측은 이들 모두 직접 고용하기로 했다. 끝까지 원칙을 지켜낸 조합원들의 값진 결과다.

하지만 기륭 문제의 해결이 비정규직 문제의 해결은 아니다. 같은 날 구미 KEC 공장에서 경찰에 쫓기다가 분신한 김준일 금속노조 구미 지부장이 한강성심병원 중환자실에서 사투 중이다. 오늘도 동희오토, 재능교육 등 수많은 비정규 노동자들이 사업장 앞에서 노동자의 권리를 찾기 위해 싸우고 있다. 기륭전자 앞 허공에 매달린 수많은 목장갑들을 본다. 이 하나하나가 위태로운 이 땅의 비정규직 노동자들의 목숨을 연상시킨다. 이미 우리 사회 노동자의 절반이 비정규직이다. 이들은 불안정한 삶을 저임금으로 이어가고 있다. 그 수가 늘어갈수록 자본은 풍성해진다. 수익은 늘어가고 비용은 줄어든다. 이 불균형은 곧 터져버릴 듯 한 진공 상태로 이어진다. 이 땅의 비정규직 노동자들은 전태일의 나날을 살고 있다. 『전태일 평전』을 꺼내들고 다시 읽어본다.

김소연
1970년 생
정화여자상업고등학교 졸업
갑을전자 노조위원장
민주노총 금속노조 서울지부 남부지역지회 기륭전자 분회장
2012년 대한민국 대통령 선거 후보
비정규직 없는 세상 만들기 네트워크 집행위원

죽 이야기

"그대들이 아는, 그대들의 전체의 일부인 나. 힘에 겨워
힘에 겨워 굴리다 다 못 굴린, 그리고 또 굴려야 할 덩이를
나의 나인 그대들에게 맡긴 채, 잠시 다니러 간다네. 잠시
쉬러 간다네. 어쩌면 반지의 무게와 총칼의 질타에 구애되지
않을지도 모르는, 않기를 바라는, 이 순간 이후의 세계에서,
내 생애 다 못 굴린 덩이를, 덩이를, 목적지까지 굴리려 하네.
이 순간 이후의 세계에서 또 다시 추방당한다 하더라도,
굴리는데, 굴리는데, 도울 수만 있다면, 이룰 수만 있다면…"

기륭전자 사태 이후
기륭전자(현 렉스엘이앤지) 비정규직 노동자들은 5년 2개월여의 장기 투쟁 끝에 2010년 회사 측과 정규직 복직 합의를 했다. 지난해 5월 가까스로 복직을 했지만 회사 측은 일거리와 월급을 주지 않았고, 지난 1월에는 새벽에 몰래 사무실을 이전했다. 조합원들은 회사가 어디에 있는지도 알 수 없다. 이들은 100일 넘게 최동렬 기륭전자 회장의 집 앞에서 철야 농성을 벌이고 있다.

낙원동악기상가 앞

›

한국의 대표적인 기타 브랜드인 '콜트'를 제작하던 콜트-콜텍의 해고 노동자들이 인천과 대전에서 올라와 낙원악기상가 앞 공터에서 집회를 열었다. 대전 공장도 방문해 취재를 했던 터라 위원장을 비롯해 익숙한 얼굴들이 많았다. 쌀쌀한 날씨에도 꽤 많은 사람이 모여 집회가 진행됐다. 참가한 사람들의 집회 연설과 통기타 가수의 공연도 있었다. 기타 노동자들의 집회에 어찌 기타리스트가 빠질 수 있겠는가? 이날 발언을 한 이 중에서 위원장의 태도가 마음에 든다. 악질 자본과의 타협은 없지만 자신들은 기타를 만들던 노동자이며 다시 공장으로 돌아가 최고의 악기를 만드는 것이 소원이란다. 그런데 상급 단체인 금속연맹이나 지원 나온 노조 간부들의 발언은 솔직히 실망, 아니 경악 또는 어처구니없는 강경 일변도였다. 자본을 반대하다가 노동마저 부정하는 한심한 발언들이 이어졌다. 우리 노동운동이 걸어온 역사와 역할을 부정하진 않지만 변화하지 않는 또 다른 보수주의가 태내에 생성된 것 아닌가 생각해본다. 정말 틀에 박힌 생각으로 이명박 정권뿐 아니라 이 사회의 신자유주의-자본주의를 부수고 새로운 세상을 열어갈지 회의가 들었다. 이들도 힘들고, 하나둘씩 자리를 뜨고 있다고 했다. 2년간의 싸움은 짧은 것이 아니다. 기약 없는 싸움에 이들은 지쳐가고 있다. 그들이 이야기했다. 기타에 관심 있는 국민들, 우리의 목소리에 한 번쯤 귀 기울여달라고. 아, 기타를 만들던 손으로 공장이 돌아가는 것을 막아야 하는 심정 오죽할까?

민중가요 음악인 집단 '꽃다지'의 대표 민정연 씨와 음악감독 정윤경 씨가 충무로에 있는 내 사무실을 찾아왔다. 최근 출시한 4집 앨범의 두 번째 뮤직비디오 제작을 상의하기 위해서다. 첫 번째 뮤직비디오 ‹내가 왜›는 태준식 감독이 재능교육 학습지노조 유명자 지부장을 내세워 비정규직 문제를 화두로 삼았다. 이번에는 ‹나는 바다야›로 하자는데, 사진으로 만들어보자고 의기투합한 것이다. 소주를 벗 삼아 이러저런 이야기를 하다가 기타 이야기가 나왔다. 감독이 전자기타를 사용해보고 싶다는데 비용도 마땅찮다고 하기에 내 서재에서 잠자고 있는 '펜더 스트라토캐스터 79' 빈티지가 슬며시 떠올랐다. 언젠가 수 년 전에 마누라 앞에서 멋지게 에릭 클랩튼의 ‹레일라›를 연주하겠다며 산 것인데, 아직도 못 배우고 있다. 결국 술이 일을 저질렀다. 서재에서 기타를 들고 나와 통 크게 장기 대여했다. 이제 나의 기타는 떠나갔지만, 예정된 쉰까지는 시간이 좀 남았으니 정 감독이 내게 기타를 전수하리라 기대한 것이다.

오래전 펜더라는 상표가 붙은 통기타도 한 대 가지고 있었다. 이 기타는 한국의 콜텍이라는 회사에서 만든 것이다. 기타에 조금이라도 관심이 있다면 콜트-콜텍에 대해 들어봤을 것이다. 한국에서 전자기타와 통기타를 만들던 대표적인 기업이다. 전 세계 시장 점유율 30퍼센트, 당기 순이익 100억 원대의 잘나가는 기업이었다. 그런데 콜트-콜텍은 2007년 근거 없는 '경영상의 위기' 등의 이유로 인천 콜트 공장과 대전 콜텍 공장을 일방적으로 폐쇄하고 기타를 만드는 노동자들을 한순간에 해고했다. 그러고는 공장을 해외로 이전해버렸다. 2009년 고등법원은 콜트-콜텍의 공장 폐쇄 및 노동자 해고가 불법이라는 판결을 내렸지만, 콜트-콜텍 박영호 사장은 단 한 차례의 정식 교섭조차 응하지 않고 폭력까지 사용하면서 노동자들을 탄압했다. 콜트-콜텍의 노동자들은 콜트-콜텍의 기타가 더 이상 한국에서 생산되지 않으며, 부당한 대우와 정리해고를 당하며 십여 년간 기타를 생산해왔음을 알리기 위해 독일 프랑크푸르트 뮤직메세, 일본 요코하마 국제악기박람회, 2010년 후지 록페스티발, 미국 애너하임 The NAMM 쇼 2010까지 원정 투쟁을 벌였다. 그 사이 노동자들은 스스로 기타를 배워 이제 매월 마지막 주 수요일에는 홍대에서 정기 공연을 하고 있다. 그들의 생산은 악기였으니 투쟁은 음악으로 하는 것이다.

2002년 2월 23일, 인천 부평에서 전자기타를 만들던 콜트 공장 노동자들의 ‘부당 해고’를 인정했던 대법원은 판시 네 시간 후인 오후 두 시, 대전에서 통기타를 만들던 콜텍 공장 노동자들의 ‘해고무효 확인소송’에 대해서는 부당 해고를 인정한 원심을 파기하고 고등법원으로 환송했다. 그리고 5월 31일 사측은 콜트 노동자들을 다시 정리해고 한다는 일방적 통보를 했다. 그야말로 안하무인의 파렴치한 기업이 세상의 노래와 멜로디를 만드는 기타를 생산했다는 것이 믿기지 않을 지경이다. 게다가 벌써 5년 넘게 싸우는 노동자들의 손이 굳어버릴 지경이 되어가고 있다. 장인이 일을 못하는데 어찌 노동자라 할 수 있단 말인가?

콜트-콜텍의 노동자들이 이 싸움에서 기필코 이기길 기대한다. 그리고 그 대가로 천문학적인 배상금까지 얻어내길 바란다. 그래서 부평과 대전의 멈춘 공장을 인수해 새로운 브랜드를 달고 장인의 솜씨가 배어 있는 기타를 생산하길 원한다. 노동자들이 자주적인 관리를 할 수 있는 협동조합이면 더 좋다. 그곳에서 기타를 생산하면 내가 첫 고객이 될 테다. 그리하여 언제쯤에나 돌려줄지 모를 펜더 기타 대신 콜트-콜텍 노동자의 기타로 마누라에게 ‹레일라›를 들려주고 싶다.

콜트-콜텍 사건

대법원이 악기 제조업체 (주)콜텍의 대규모 정리해고가 부당하다며 8년째 싸움 중인 노동자에게 결국 패소를 선고했다. 대법원 1부(주심 고영한 대법관, 김창석·조희대·양창수 대법관)는 2014년 6월 12일 오전 열 시 (주)콜텍 대전 공장에서 근무하다 정리해고 된 양모(51) 씨 등 24명이 회사를 상대로 낸 해고무효 확인소송 상고를 기각했다. 전국금속노조와 법조계 등은 대법원이 콜텍 대전 공장에서 벌어진 정리해고가 긴박한 경영상의 이유로 인한 해고로 볼 수 없다는 전문 회계사의 감정보고서를 뒤집었다며 ‘정치 판결’이라고 비판했다. 또한 이번 판결로 긴박한 경영상의 이유로도 정리해고를 할 수 없다는 해고 제한 법리가 ‘휴지 조각’이 됐다며 우려를 감추지 못했다. 콜트-콜텍 기타 노동자들은 무려 8년간의 투쟁과 법정 공방 끝에 “어이없는 판결이 나왔다”며 “분노를 참을 수 없다”고 밝혔다.

10년속 흑자기업
공장은 위장폐업
노동자는 대량해고
이윤 쫓는
Cort 기타
죽음의 선율 뿐이다!

신자유주의의 현장

›

서울 대한문에서 있었던 '오큐파이(Occupy) 서울' 집회에서 한 무리의
청년을 만났다. 내 아들보다 불과 몇 살 많다. 한창 공부해야 하는
나이지만 아르바이트, 등록금, 불안한 미래와 취업난으로 이들은 괴롭다.
신자유주의는 새로운 자본주의 동력으로 금융과 서비스업을 강조한다.
전통적인 제조업은 구시대 경제 체제로 불린다. 이 때문에 대규모 실업이
발생하고 사람들은 비정규직이나 아르바이트로 서비스업에 편입된다.
불안은 가속화하고 체제에 대한 저항도 늘어간다. 그리스 청년들의 저항이
그것이다. 절반이 실업인 그리스에서 청춘은 거리로 내몰리고 있다. 이
같은 모순은 1퍼센트의 착취에 근거한다. 청춘들에게 못해줘서 내가
미안한 것이 아니라 이 모순을 시정하지 못한 기성세대의 미안함이다.

군대를 다녀왔나?
예. 복학해서 3학년인데 좀 힘드네요.
뭐가 젤 힘들지? 학비 때문에?
그렇죠. 부모님께 전액을 받기가 힘들어요. 우리 학교
등록금이 좀 비싸거든요.
그럼 장학금 받아야지.
저도 그럼 좋겠는데 친구들 학점이 장난 아니거든요.
전 이렇게 운동도 해야 하고.
그럼 어떻게 보충하지. 알바?
그렇죠. 커피숍도 나가고, 세차장 알바도 하고 그렇죠.
남자 애들이 좀 나아요.
하루 몇 시간이나?
6시간 이상 하는 것 같은데요. 공부도 해야 하고 학생회도
꾸려야 하고, 사실 열나 바빠요.

인간이 살아가는 햇수를 대충 60년 정도로 보고, 두 세대를 살아간다 한다면 그 사람의 전반기 세대가 나머지 세대를 규정한다고 해도 과언이 아니다. 동시대를 살고 있지만 그 사람이 20대에 경험한 큰 사건은 세대를 결정하고 그 이후까지 규정한다. 누구는 한국전쟁이, 누구는 유신이, 누구는 5·18이 누구는 6·10이. 내가 살아온 생애에서 6·10은 큰 사건이었고 큰 기쁨이었고 작은 승리이기도 했다. 그것이 내 세대의 장점이자 단점이 되고 말았다. 우리는 경제적인 문제로 골치 아팠던 적이 별로 없는 듯했다. 당시는 대학생이라면 부모들에게 꽤 파격적으로 대출을 해줬고 졸업하면 취업도 골라서 했다. 물론 모두 정규직이었다. IMF 사태 이후 청년들은 부모의 모습에서 보수화를 경험했고, 요즘 세대는 스펙 만능의 신자유주의를 숙명처럼 받아들이고 있다. 결국 요즘 세대가 겪고 있는 이 경험은 이후 한국 사회를 규정하게 될 것이다. 가보지 않아도 암울하다.

청년들의 시위 뒤쪽으로 쌍용자동차 해고자들의 농성 천막이 몇 달째 서 있다. 그 농성장 앞에 빈 의자 하나가 덩그러니 놓여 있다. 의자는 말없이 이야기한다. 의자는 하나인데 앉을 사람은 많다면? 의자를 많이 만들면 된다. 그런데 의자 만들 돈을 없다고? 그럼 돌아가며 앉으면 된다. 그도 여의치 않으면 부숴서 작은 의자를 여러 개 만들면 된다. 공지영의 르포 『의자놀이』를 염두에 두고 누군가 가져다놓은 것이다. 하지만 이 의자는 그나마 실체가 있지만 그렇지 않은 것도 있다. 요즘 청년들이 가장 선호하는 직종이 금융공학이다. 그런데 금융공학자들은 아마도 이 의자를 담보로 파생상품을 만들 것이다. 유령 의자다. 그리고 그 유령 의자를 팔면서 돈이 없으면 대출해 주겠다고 꼬신다. 리먼 브라더스 사태 후 이 유령 의자 때문에 피눈물을 흘린 사람들이 전 세계 수십억 명이다. 누군가 그랬다. 다리 만드는 공학자보다 돈을 만드는 공학자가 대우받는 사회는 도대체 뭐냐고. 그래서 평택으로 갔다.

의자놀이

작가 공지영은 르포르타주 『의자놀이』에서 노동운동가 하종강 교수의 글을 인용하였는데, 인용한 해당 부분이 르포작가 이선옥의 글을 인용한 부분으로 알려짐에 따라 새 편집 후 새로 찍겠다는 입장을 밝혔다. 이 과정에서 발매한 책을 전량 회수한 후 폐기하라고 요구한 것에 대해 공지영이 트위터에서 하종강 교수를 원색적으로 비난한 문제로 논란이 일었다.

해고는
살인이다
함께
살자

하나은행
뒤집자!
언론장악

임금체불그만!
STARBUCKS
COFFEE

나
99%

철탑 앞에서

›

쌍용자동차 해고자들이 장기 농성하는 대한문 앞에서 희망버스를 탔다. 평택역 앞은 참으로 춥고 바람도 많이 불었다. 전국에서 버스를 타고 속속 집결한다. 사전 집회를 마치고 평택 쌍용자동차 철탑 앞으로 이동한다. 오랜만에 카메라를 들고 그 대오를 앞서거니 뒤서거니 하려니 무척 힘들다. 한 시간쯤을 걸어 송전탑에 도착했다. 생전 본 일도 없었을 텐데 너무도 반갑게 악수하며 인사한다. 살짝 감동한다. 그런데 참가가 절반이 여성이다. 송전탑 앞까지 매서운 바람을 맞으며 걸었던 젊은 여성들이 송전탑을 향해 힘차게 손을 흔든다. 미국산 소고기 수입 반대를 외치던 촛불 정국 이후 사회적 연대와 소통에서는 여성이 주력군이 된 듯하다.

송전탑 위로 달이 떠오를 무렵 춥고 배고픈 우리를 식당차가 기다리고 있다. 우리 몸을 녹인 것은 밥이었다. 따뜻한 국물에 만 밥은 노동의 다른 이름이었다. 나는 정종 석 잔, 소주 한 병으로 대신했다. 몸이 굳어 사진 찍기가 더 어렵다. 우리가 밥 먹는 사이에도 혹시나 누군가 철탑에 올라 농성자들에게 위해를 가할까 경찰들이 철탑을 호위해준다. 가소롭다. 하지만 이날 물리적인 충돌은 전혀 없었다. 그것이 평택의 민심이라 생각한다. 노동자 없는 평택은 상상하기 어렵다.

이날 '쌍차' 농성자들을 위한 공연이 준비됐다. 정말로 철탑에서 내려다보기 좋게 무대를 만들었다. 가수 손병휘, 백자 등의 공연도 좋았고, 「저문 강에 삽을 씻고」의 정희성 시인이 노구를 이끌고 직접 낭송한 시는 압권이었다. 무대의 마지막은 쌍차 해고자 합창단. 그들이 주인이고 그들이 이 싸움을 이긴다. 오랜만에 떠난 취재에서 기운을 받았다. 감동적인 연대의 모습이다. 아직도 우리 사회의 연대하는 힘을 믿게 된다.

쌍용자동차
해고노동자 153명이 2014년 2월 서울고등법원에서 복직 판정을 받았다. 회사 측의 강제 인력 조정에 반발했다 쫓겨난 지 5년 만이다. 2,600명을 길거리로 내몬 2009년 당시 구조조정은 이번 판결을 통해 원천 무효로 결론 났다. 정리해고 요건을 엄격히 한 이 결정은 노동의 가치와 중요성을 다시 한 번 일깨운 의미 있는 것이다. 그러나 2014년 11월 13일 대법원은 원심을 깨고 해고노동자에게 패소 판결을 내려 해당 사건을 서울고등법원으로 돌려보냈다. 쌍용차의 정리해고가 적법했다는 이 편향된 판결 앞에서 '99퍼센트'는 할 말을 잃었다.

고맙습니다
쌍용차
비정규직

그리고 며칠 후, 아침에 펴든 신문에서 기분 좋은 글을 발견한다. 칼럼을 쓴 노 법학자는 도심에서 약자들이 시위할 권리를 옹호한다. 대한문 앞에서 장기 농성하던 쌍차의 농성장을 용역을 불러 싹 치운 사태를 비난한 것이다. 중구청은 농성장을 치워버리고 그 자리에 화단을 조성했다. 하지만 노 교수는 화권보다 인권이 중하다 일갈한다. 당장 화단에 들어가 꽃을 짓밟을 수 없는 시대에 살지만 그 선량한 사람의 마음을 이용하는 저들의 행위는 비열하기 그지없다는 것이다. 글을 읽은 여운이 가시기 전에 대한문 앞으로 갔다. 풍경은 참으로 희한했다. 포장된 도로 위에 흙을 덮고 화단을 만든 후 주변에 펜스를 쳤다. 그리고 그 펜스에 덕수궁의 풍경 사진을 한 장씩 붙였다. 물론 사진 설명이나 맥락도 없다. 어찌 보면 현대미술이 자주 벌이는 설치 작품 같다고 할까?

예전에는 당연했는데, 요즘 사진전은 미술처럼 표제나 시공간을 표시하는 캡션이 없다. 장문의 사진 캡션을 다는 일도 없다. 이런 현상에 대해 오래전 사진의 본래 목적을 상기시키는 비판을 한 이가 있다. 발터 벤야민Walter Benjamin(1892~1940)이다. 그는 프랑스 사진가 외젠 앗제Eugene Atget(1857~1927)의 사진을 보며 찍힌 맥락을 알 수 있는 캡션이 없으면 일반 대중들이 범죄 현장 사진과 혼동하는 일도 나름 이유가 있다고 생각했다. 한발 더 나아가 우리 도시 어느 곳인들 범죄 현장 아닌 곳이 있냐며 그 범행과 범죄자를 가려내야 할 사람은 바로 사진가 아니냐고 묻는다. 마찬가지다. 이 화단과 펜스의 사진들을 보며 여기가 바로 범죄 현장이란 생각이 든다. 노동의 권리와, 집회의 권리를 국가가 무시하는 범죄 현장. 나 역시 사진을 찍으며 발터 벤야민이 한 충고를 되새겨 본다.

> "미래의 문맹자는 글을 모르는 사람이 아니라 사진을 모르는 사람이라고 누군가 말했다. 그러나 자기 자신의 사진을 모르는 사진가 또한 이에 못지않게 문맹자로 보아야 하지 않을까?" (발터 벤야민 「사진의 작은 역사」 중에서)

우리는 강하다! 반드시 승리한다!!
함께살자!
불법파견인정!
비정규직철폐!
불법파견 인정·신규채용 중단·정몽구 구속
민주노조 사수! 정리해고 분쇄! 비정규직 철폐!
문기주, 복기성, 천의봉, 최병승,
간착취 허용하는 하청제도 폐지하라!

그리고 벤야민에게 기운을 받아 울산으로 갔다. 농성을 시작한 지 90일째 되는 날에야 찾아갔다. 울산 현대자동차 명촌 정문 앞 주차장에 높이 솟은 한국전력의 45미터짜리 송전탑이다. 이곳에 천의봉, 최병승 두 비정규 노동자가 20미터 높이 중간에서 고공 농성을 벌이고 있다. 내가 찾은 날은 평일이었다. 집회도 없고 사측이나 한전 직원 또는 퇴거 명령을 내린 법원 측 관계자도 없다. 가끔 금속노조 산하 현대차비정규지회 사람들이 들락거릴 뿐이다. 오후에도 가보고 이튿날 새벽에도 가봤다. 농성장은 그냥 텅 비어 있다.

농성장에서 사진적으로 느낀 것은 붉은색 현수막도 주변의 농성 천막도 아니다. 가까이서 본 철탑의 규모가 놀라웠다. 두 노동자가 아주 작게 느껴질 정도로 철탑은 거대하다. 어마어마한 철을 녹여 아주 튼튼하게 쌓아 올린 구조물이다. 누가 이것을 만들었나? 노동자들이다. 그곳에 올라간 두 노동자는 도로를 질주하는 쇠로 만든 자동차를 만든다. 누구나 느끼다시피 자동차라는 물건은 참으로 잘 만든 현대 기계공학의 완제품 아닌가?

지금으로부터 100년 전에 프랑스 미술가 뒤샹이 '레디메이드'라는 이름으로 상점에서 사온 변기를 전시해서 큰 반향을 일으켰다. 현대미술의 시작이었다. 그는 왜 이미 만들어진 변기를 자신의 서명과 함께 전시한 것일까? 노동자들이 만들어내는 제품이 이미 예술가들의 손재주를 넘어섰기 때문이다. 단지 그 제품 또는 오브제의 맥락만이 중요해진 것이다. 저 철탑도 그렇다. 원래는 전기를 보내는 전선을 잇는 높은 구조물에 불과하지만 그곳을 점령한 이들 덕분에 이 철탑은 새로운 맥락을 부여받았다. 옆에는 거대한 현대자동차 공장, 앞에는 그들이 만든 자동차와 그것을 타는 노동자, 그 모든 풍경이 내려다보이는 곳에서 목숨을 걸고 농성하는 차별받는 비정규 노동자. 나는 철탑에서 현대 노동자가 벌이는 행위예술을 본 것이다.

한국은행 앞에서

›

도심을 걷는 이가 요즘 얼마나 있는지 알 수 없지만 오랜만에 걷는다. 충무로 사무실부터 볼일 있는 덕수궁 옆 서울시립미술관까지 걸었다. 가을이 좋았다. 황망한 서울 도심에도 가을은 마지막으로 단풍을 선사하고 있다. 충무로에서 마른내길을 따라 명동 쪽으로 방향을 잡으면 요즘 일본 관광객이 이 지역을 완전히 점령한 듯 들려오는 언어 대개가 일본어다. 하다못해 이곳에서는 한국인도 일본어로 호객한다. 그 길 끝에는 신세계백화점 본점이 있다. 예전에 일본 미스코시백화점 경성점이 있던 곳이다. 저 우아하고 그럴듯한 건물은 제국주의의 산물이다.

코너를 오른쪽으로 돌아 큰 길로 나서면 이번에는 한국은행 본점 건물이 보인다. 일본인 다쓰노 긴코의 설계로 일본 다이이치은행 경성지점 건물로 짓기 시작해 1912년 준공되어 조선은행 본점으로 쓰였다. 제국주의 지배의 본산이었다. 그 오른쪽 길로 걷다보니 돌로 만든 아름다운 벤치와 은행나무 낙엽이 아름답게 깔려 있다. 하지만 누구도 그곳에 앉아 가을을 만끽하지 않는다. 그저 황망히 걸어가는 사무직 노동자들만이 파인더에 들어온다. 이곳 명동은 한국은행 덕분에 금융회사의 본산처럼 빌딩들이 솟아 있다. 일제를 지나 미군정이 이곳에 자리 잡은 것도 그 때문이다. 은행을 지배하면 그 나라의 경제를 장악할 수 있다는 자본주의의 논리다. 하지만 이 거리는 참 쓸쓸하다. 그저 옛 식민의 자취가 남은 박물관 같다. 그러나 겉모습만으로 평가하는 것은 금물.

월스트리트는 옛 네덜란드 이민자들이 인디언들의 공격을 막고자 담을 쌓고 '뉴암스테르담'이라 이름 붙인 곳이다. 그곳에 뉴욕증권거래소가 자리 잡으면서 미국 금융자본주의의 본산처럼 군림하고 있다. 그곳을 미국의 인민들이 점령했다. 주식 때문이 아니다. 월스트리트 대로를 점거한 시민운동 '월가를 점령하라' 때문이다. 1퍼센트 대 99퍼센트를 이슈로 금융자본주의에 항의하는 미국 시민들의 비조직적인 저항 운동이 일파만파 세계로 퍼져나갔다. 하지만 언론들의 태도는 무관심하거나 왜곡을 일삼았다. 저항 운동의 본질은 외면한 채 히피 운동으로 격하하거나 폭력적인 일부 시위를 견강부회하여 보도했다. 금융자본에 종속된 대기업 언론사의 숙명일지는 모르나 그 정도가 심하다고 기자들 스스로 투덜거릴 정도가 됐다.

사실 이 시위는 2010년 튀니지의 스물여섯 살 청년 모하메드 부아지지가 부패한 경찰의 노점상 단속으로 생존권을 위협받자 이에 분신으로 항의하면서 촉발됐다. 대학을 나온 모하메드는 실업난 속에서 먹고살기 위해 노점을 했지만 그마저도 쉽지 않았던 것이다. 결국 이 분신은 튀니지를 넘어 이집트 정권을 붕괴시키고 리비아의 가다피를 끌어내렸다. 시민들의 저항은 유럽에서도 이어졌다. 금융위기 속에서 그리스는 국가부도를 유도한 유럽 금융자본을 공격했고, 이탈리아, 스페인, 프랑스로 이어졌다. 우리 역시 비정규직이라는 거대한 반실업자군을 양산한

월가를 점령하라 Occupy Wall Street
2011년 미국 뉴욕 월스트리트에서 진행된 시위이다. 뉴욕은 세계 최강대국 미국의 경제 수도이며, 월스트리트는 뉴욕의 경제 중심지다. 사실상 지구 경제 수도의 핵심 경제 중심지에서 발발한 시위다. 미국의 가을이라고 부르기도 하며, 사람들은 아랍의 봄(2011년 이집트 카이로의 타흐리르 광장에서 촉발됨)과 5월에 시작된 스페인의 '분노한 사람들'과 비교하기도 한다.

거대 자본에 대항해 크레인에 올라가 저항하고 있다.

이같이 전 세계는 정치 · 사회 · 문화가 달라도 비슷한 양상으로 체제에 저항하고 있다. 그럼 무엇이 비슷한 것일까? 바로 신자유주의에 의해 경제적인 핍박을 받고 있다는 점이다. 알려졌다시피 신자유주의는 새로운 자본주의 동력으로 금융과 서비스업을 강조한다. 전통적인 제조업은 구시대 경제체제로 불린다. 이 때문에 대규모 실업이 발생하고 사람들은 비정규직이나 아르바이트로 서비스업에 편입된다. 불안은 가속화하고 체제에 대한 저항도 늘어간다. 신세기 혁명은 이렇게 진행되고 있다. 당장 사회주의 등의 대안 체제를 이야기하지 않지만 인간의 얼굴을 한 자본주의를 요구한다. 1퍼센트가 99퍼센트를 가혹하게 착취하는 세상에서 부자 증세와 서민 복지를 요구한다. 과연 이 싸움은 어떻게 전개될 것인가? 아직 힘의 균형은 시민에게 유리하지만 않다. 하지만 축적된 힘이 모여 폭발할 가능성이 크다.

"구원자로부터 우리를 구원하소서."
슬라보예 지젝의 이야기다. 그리스 사태를 두고 그들의 구원자를 자처한 유럽 자본을 비판한 그는 "자본주의가 민주주의와 이혼하려는 게 오늘의 위기"라 했다. 사실 신자유주의에 균열을 낸 재스민혁명의 도화선을 당긴 것은 앞서 젊은 노점상이었다. 이 운동은 튀니지에 머무르지 않고 이집트, 리비아 등 다른 아랍 국가에도 확대되어 이집트의 호스니 무바라크 정권을 무너뜨렸으며, 미국으로 건너가 '월가를 점령하라' 운동을 일으켰다. 한국의 전국 노점상연합회 시위행렬이 한국은행 본점을 지나고 있다. 지젝이 표현한 대로 한국의 자본은 민주주의에 관심이 없는 것이 분명하다. 한국은행은 지나가는 행렬을 내려다보며 "나는 당신들을 모른다"는 듯 시치미 떼고 있다. 어차피 시위 행렬도 관심이 없다. 구원될 수 없다는 것을 알기에.

하지만 한국은행 앞은 그저 고층 빌딩이 밀집해 있을 뿐 금융자본주의 냄새는 전혀 나지 않는다. 외국인들이 돌아다니는 쇼핑타운 같다. 아주 오래 전 성경처럼 꺼내 읽던 책의 먼지를 털고 다시 잡아든다. 『제국주의론』. 레닌은 이 책 1장에서 6장에 걸쳐 '제국주의의 5가지 기본적 특질'을 분석한다.

제국주의의 제1특질은 생산의 집적 및 자본의 집중이 고도의 발전 단계에 도달, 독점체가 형성되고 종래의 자유경쟁 대신 독점이 경제 생활을 결정적으로 지배하게 된다는 점이다. 이러한 독점의 지배가 공황, 경쟁, 생산의 무정부성 등 자본주의의 모순을 강화, 격화시킨다고 지적한다.

제2특질은 은행자본의 축적 및 은행 독점체의 형성에 의해 은행이 종래의 중개업자의 지위에서 금융시장의 전능한 독점체로 전화, 은행자본과 산업자본이 유착하여 금융자본이 발생하고 이를 기초로 금융과두제가 형성된다는 점이다.

제3특질은 상품 수출과 구별되는 자본 수출이 특히 중요한 의의를 획득한다는 데 있다. 레닌은 자본 수출이 점차 상품 수출보다 우위를 점하게 되어 투자권을 둘러싼 자본주의 제국 간의 모순 · 투쟁을 격화시키며, 식민지 인민의 노동을 착취함으로써 제국주의 본국 경제에 기생성을 각인한다고 설명한다.

제4특질은 국제적 독점체(카르텔, 신디케이트, 트러스트, 콘체른)가 형성되어 세계자본주의 시장을 분할한다는 점이다. 레닌은 개별 독점체 및 독점 그룹으로 구성되는 국제적 독점체의 내부 협정이 이윤 상승을 위한 격렬한 투쟁 속에서 불안정하게 되고 개별 독점체 사이의 투쟁이 야기됨을 지적하고, 이러한 거대 독점체에 의한 세계 분할이 다음 제국주의의

제5특질, 즉 제국주의 강대국들에 의한 세계의 영토분할의 완료와 긴밀히 결부된다고 설명한다.

레닌의 이론가로서의 탁월함을 잊었나보다. 사회주의가 해체되고도 30년이 지났는데 이 책은 여전히 유의미하다. 하지만 마지막 10장에서 그는 "제국주의의 역사적 지위를 규정하고 그것을 '자본주의 최후의 단계이며 사회주의 혁명의 전야'라고 선언"한다. 이건 잘 모르겠다. 진단은 그럴듯한데 자본주의가 쉽게 망해줄 것 같지 않다. 김진숙의 노을 속 크레인은 그 전야를 짐작케 하지만 고도로 집적화된 저렴한 '아이폰'은 여전히 자본주의의 우위성을 자랑한다. 중국 노동자의 피와 땀과 눈물, 한술 더 떠 죽음까지 짜내면서 말이다. 내가 서 있는 이곳 한국은행 본점은 누구도 점령하지 않는다.

한국은행

살려내라

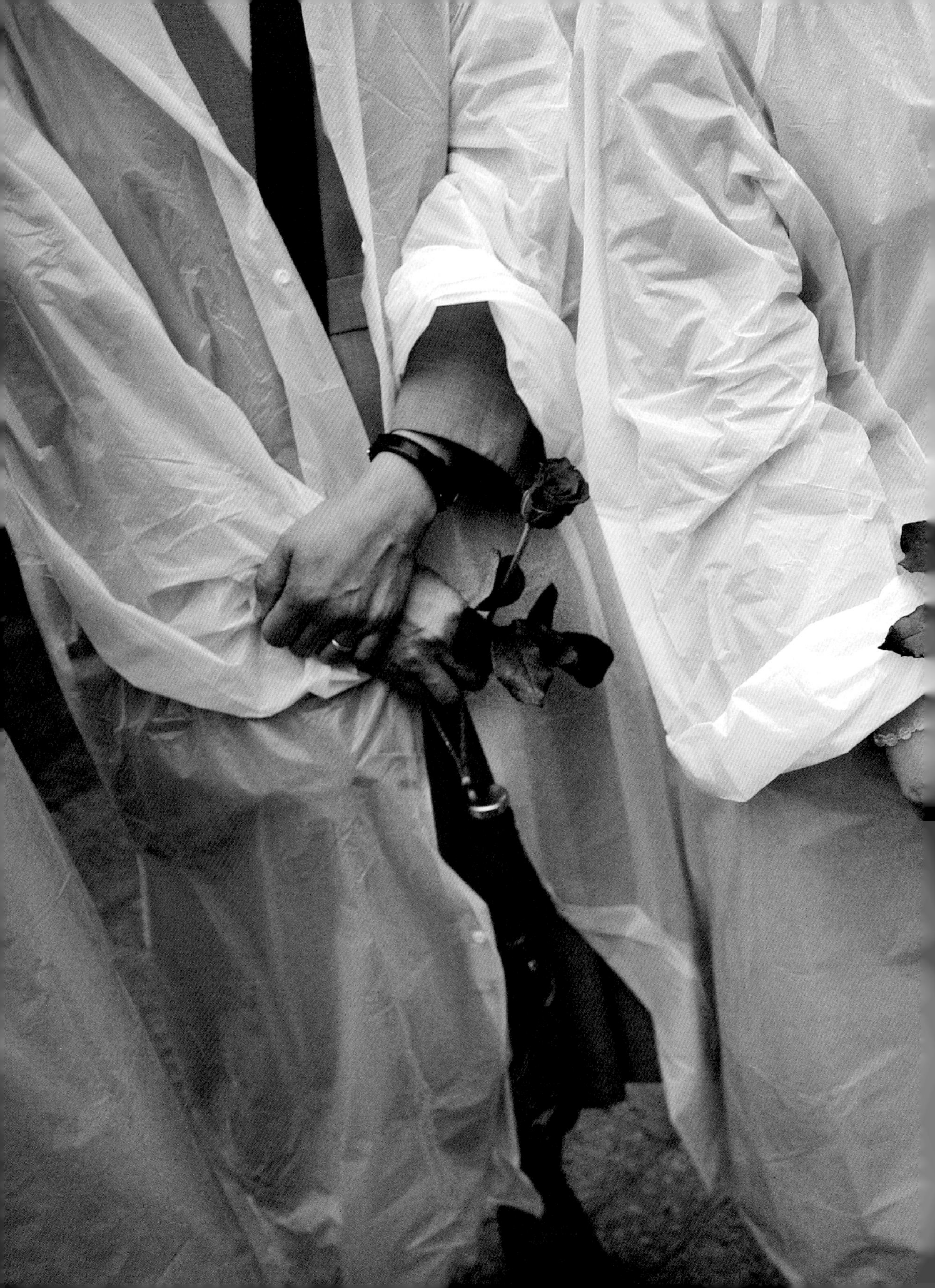

›

최근 수 년 동안 유난히 많은 이의 죽음을 보고 그들의 장례식을 찍었다. 내 프레임에 담긴 망자의 모습은 늘 흰색의 국화와 함께 했다. 그 후드득 떨어져내리는 이파리에서 육신의 허망함과 죽음의 존재를 떠올린다. 서울대병원 영안실은 이소선 어머니의 발인(2011년) 준비로 부산했다. 노제를 위한 상여와 만장, 대형 영정을 만드는 일꾼들의 부산한 움직임을 찍다가 그들이 던져놓은 목장갑과 쓰다버린 국화에 가슴이 얼얼해져왔다. 마치 우리의 육신은 하루하루 노동 속에서 국화 이파리 마냥 천천히 떨어지고 시들어 죽음에 이르는 것일까?

한국에서 국화가 장례용 조화로 사용된 것은 구한말 개화기와 더불어 서양식 장례가 도입되면서부터다. 검은색 복장과 흰 꽃이 장례식에 도입되면서 우리 땅에서 흔한 국화가 그 자리에 들어온 것이다. 여러해살이풀인 국화는 아주 오래전부터 사람이 즐겨 감상한 꽃으로 그 원산지가 우리나라의 감국이라는 설도 있다. 4만 년 전 구석기 청원군 홍수굴에서 발견된 흥수아이 유골 근처에서 국화의 씨앗이 발견되었다 하니 장례와 국화는 그 연원이 깊은 셈이다.

흰색 국화의 꽃말은 진실과 감사라 한다. 전태일 열사의 어머니 이소선 여사는 지난 42년간 진실로 살아오셨다. 아들의 유언을 육신으로 실천했고, 이 땅의 노동자들에게 진실로 대했다. 백무산 시인의 말마따나 “어머니는 우리 시대의 미륵, 병들고 억눌린 중생들을 위해 다시 나신 미륵”이셨다. 하지만 우리는 감사의 마음으로 떠나보낸 것일까? 대학로 영결식장에는 수많은 노동계, 진보계 인사들이 모여들었다. 그들은 모두 국화꽃을 들고 영정에 바쳤다. 하지만 국화는 묻는다. 신자유주의와 엄혹한 노동 현실에 비추어 우리는 이소선 어머니의 바람대로 살고 있는 것일까?

돌이켜보건대 내가 스스로 정치적이라고 의식한 것은 열일곱 살 때였다. 집안은 보수적이었지만 뺑뺑이 돌려 진학한 학교가 깡패 학교라 공부보다는 음악과 책, 영화가 먼저였다. 그 형식들이 담고 있는 내밀한 의미들이 정치적인 기질을 키웠는지도 모를 일이다. 대학가를 어슬렁거리며 창비나 문지 시집들을 몰래 사서는 불안하게 등교하곤

했다. 어린 나이었지만 민주, 저항, 노동이라는 단어는 가슴 아프게 비집고 들어왔다. 신경림도 좋았지만 정희성 시인이 좋았다. '저문 강에 삽을 씻고' 돌아가는 농부의 저녁노을이 머리에 그려졌다. 그리고 스무 살 무렵에 거의 모든 신문에 이름이 작게 실리고, 감옥이라는 곳도 가봤다. 한겨울이었다. 유리창도 없는 뻥 뚫린 창문 밖을 보며 내 인생이 아주 오랫동안 이런 길을 갈 것 같다는 기시감이 들었다. 사진을 찍는다며 우리 땅 가보지 않은 곳이 없었고, 전 세계를 한 해에도 200일 넘게 나가 돌아다녔다. 그리고 마흔이 넘어서던 어느 날, 불편부당이나 중립성이라는 사진가의 허울을 벗고 내 신념에 맞게 살아보겠다며 막 창당 준비를 하던 진보신당에 가입했다. 아마도 홍세화 선생 같은 표상이 있었기에 더 적극적이었는지도 모른다. 당은 내게 덜컥 홍보대사 자리를 맡겼다. 하지만 그 후로 당은 내리막길이었다. 그리고 진보신당이라는 이름을 노동당으로 바꿨다. 난 음악을 들으며 '프로그레시브'라는 단어를 사랑하게 됐고, 우리말 '진보'를 참 좋아했다. 나는 여전히 진보적이라는 말 속에 담긴 인간 역사의 피와 땀과 눈물을 사랑한다. 진보를 사랑하면 그냥 진보적으로 살면 됐다. 이름 따위가 꼭 나를 설명하는 것은 아니기 때문이다.

도대체 왜 죽은 건데?
글쎄. 우울했다는군요.
그럼 유서 같은 것은 있었나?
그런 것도 없었나 봐요. 가까운 지인들에게 우울하다며
문자도 보낸 것 같긴 하던데.

아직 채 추위가 가시지 않은 이른 봄날 박은지(2014년 사망)가 죽었다. 우리 당 부대표였고 오랫동안 대변인으로 기억되는 청년이었다. 영안실에서 밤을 새고 대한문 앞으로 갔다. 장지로 떠나기 전 사회장이라는 이름의 노제였다. 텅 빈 공간에는 플라스틱 의자가 종횡으로 줄을 맞춰 서 있었다. 그 긴 그림자는 암담했다. 박은지의 얼굴이 담긴 영정을 어린 아들이 들고 광장에 들어섰을 때 나는 갑자기 눈물이 쏟아졌다. 어리구나. 너에게 엄마는 어떤 여자였니. 전에 한솥밥 먹던 노회찬 선배는

트위터에 "세계 여성의 날이라고 장미 한 송이 보냈는데 오늘 새벽 그대 떠났네"라고 남겼다. 이혼녀, 싱글맘, 가장, 진보정당의 당직자…. 저 죽음의 아우슈비츠에서 생환한 장 아메리는 가장 강력한 사회적 저항으로 '자살'을 이야기했다. 그리고 그 이름도 '자유죽음'이라 했다. 하지만 누군가의 죽음 앞에서는 차마 눈 돌리고 싶다. 명복을 빈다는 말이 너무 흔히 쓰이는 이 사회가 싫다. 정말이지 현실 도피는 비겁자의 것이 아니다. 그리 믿고 싶다.

바닥을 친다는 것은 절망과 '그래도'라는 희망이 교차하는 그런 지점일까? 사실 진보 정치는 오래전부터 내부에서 분열하고 있었다. 바닥을 친 줄 알았는데 끝도 모를 바닥으로 침전하고 있었다. 지난 대선(2012년)에서는 자체 후보도 내놓지 못했다. 대신 당 외곽의 급진 조직이 노동자 후보를 내세웠을 때 이리저리 끌려다니다 겨우 지지 정도 하는 선으로 마무리하고 말았다. 무기력한 당만 바라보느니 무엇이든 하자는 당직자나 일부 평당원의 안간힘은 진보 정치를 강화하지 못한 채 오히려 무력해지고, 파당적인 의지를 관철시키려는 종파적 본질이 더 강한 모습이었다. 여러 사건이 불거지면서 해당 행위 또는 당의 절차적 민주주의를 훼손하는 것만으로도 당의 대표단이나 집행부는 비판의 대상이었다. 배제된 자들의 정치를 내세웠지만, 그 배제된 자들이 진보 정당이라는 틀을 얼마나 이해했는지 고려하지 못했다. 1만이 넘는 진성 당원을 보유한 덩치에 어울리지 않게 소수의 정치 리더가 의사결정을 독점함으로써 배제된 자들은 더욱 부유할 수밖에 없었다. 지금도 당이 어찌 굴러가는지를 명쾌하게 밝히는 책임 있는 대표단이 없는 것이 현실이다. 노동 현장의 여러 정파와 당 내의 여러 출신 계열은 사분오열 이합집산하고 있다. 그 사이 진보 진영은 자유주의자들과 손잡기도 하고 내란음모의 주역이 되기도 했다. 문제는 우리뿐 아니라 대다수 인민마저 진보 정치 집단을 신뢰할 수 없는 무리로 규정하기 시작했다는 점이다. 진보는 아직도 바닥을 친 것이 아니다.

나는 삶의 일관성이 어렵다는 것을 안다.
그래서 판단이 흔들릴 때 힘들어 한다.
말과 행동이 다른 사람을 만날 때 스스로를 평가한다.

우유부단 보다 표리부동이 더 나쁘다.

사진은 표리부동하다. 표면에 새겨진 사진의 이미지는 이렇게도 저렇게도 해석된다는 뜻이다. 그래서 10년 전부터 사진과 인문학을 섞어봤다. 사진에도 뭔가 초지일관하는 그런 것이 있어야 했기 때문이다. 그러던 것이 요즘은 곳곳에서 싸구려 인문학을 이야기해 자연과학으로 갔다. 이번에는 물리학이다. 양자역학에서 우주생물학까지. 그리고 하이젠베르크의 '불확정성 원리'에 당대 예술가들이 왜 환호했는지 알았다. 관찰자는 '양자의 위치와 속도를 동시에 알 수 없다'는 것이다. 세상의 모든 이론과 미학은 하나로 귀결된다는 결정론에 대해 반기를 든 것이다. 결국 사진도 마찬가지다. 우리가 사진으로 관찰하고 기록하는 대상과 배경만으로는 내용과 형식을 모두 담아낼 수 없다는 진실에 도달한다. 그래서 일부는 가상의 시뮬레이션으로 재현한다. 연출을 통한 유사 다큐멘터리 사진이다. 하지만 내게 그런 연출과 꾸밈은 영역 밖이다. 여전히 개입되지 않은 사건에서 진실의 편린을 발견할 수 있기를 기원한다. 하지만 그렇게 불확정한 양자의 진실을 발견하기 위해 확률적인 방법(슈레딩거의 파동 함수)을 쓰지만 현실 세계에서는 불편하다. 결국 내가 발견하고자 하는 진실(양자)이 옳을 수도 있고 아닐 수도 있는 것이다. 그것도 확률적으로 말이다. 이 방법은 표리부동하지 않다. 다만 우유부단할 뿐이다.

거리에서 사진을 찍을 때 그 우유부단함을 가끔 느낀다. 나는 단지 기록자인가, 집회 참가자인가? 마음속 갈등이다. 그리고 유리한 쪽을 선택한다. 하지만 사진 찍는 자들이 모두 대단한 순간만을 노리는 것은 아니다. 보고 느끼고 공감한다. 그날은 사진 찍는 자로 함께 한 순간, 이 사진이 가장 인상 깊은 순간이었다. 광화문 샛길로 시위대를 진압하기 위해 물대포 혹은 이런 추운 날 '살인 살수차'라 불릴 기계가 막 진입하려 할 때 한 사내가 홀로 길을 막았다. 그는 아무런 위법을 하지 않았다. 그저 길에 서 있었다. 그는 분명 천안문의 그 사진을 보았을 것이다. 그리고 그 사진을 떠올린 나 역시 사내를 쳐다봤다. 그가 고마웠다. 참 멋진 사내라고. 그리고 사진 찍는다는 핑계로 그와 함께 길을 막았다. 사진 찍는 자의 작은 의리였다. 표리부동함보다는 우유부단이 좀 나았다.

5
경
찰
양평해장국

한미FTA 저지!
이명박정권 심판!
FTA 반대
한미FTA 저지!
한미FTA 저지!

한미FTA
저지!
이명박정권
심판!
한미FTA
저지!

"인식할 만큼 충분히 빠르면서 여러 세대 동안 계속될 만큼
안정된 진보는 인간 종의 역사에서 단 한 번 이루어졌다.
그것은 거의 과학혁명의 시대에 시작하여 여전히 진행
중이다. 그것은 과학적 이해뿐 아니라, 기술, 정치적 제도,
도덕적 가치, 예술, 그리고 인간 복지의 모든 측면에
있어서의 개선을 포함했다. 진보가 있었을 때마다 그것이
진정한 것이라는 점을, 그것이 바람직한 것이라는 점을, 또는
심지어 진보라는 개념이 의미가 있다는 점을 거부했던 영향력
있는 사상가들이 있었다. 그들은 더 잘 알았어야만 했다.
사실상 그릇된 설명과 참된 설명 사이에, 상습적으로 문제를
풀지 못하는 것과 문제를 푸는 것 사이에, 그리고 또한 옳고
그름 사이에, 추함과 아름다움 사이에, 고통과 그것의 완화
사이에 객관적인 차이점이 있고, 그래서 완전한 의미에서
지체와 진보 사이에 차이점이 있다. 나는 이론적이든
실제적이든, 모든 진보는 단일한 인간 활동, 즉 내가 좋은
설명들이라고 부르는 것에 대한 탐구에서 비롯되었다고
주장한다. 이런 탐구가 독특하게 인간적일지라도, 그것의
유효성은 가장 비인격적인 우주적 층위에서의 실재에
관한 근본적인 사실이기도 한데, 즉 그것은 사실상 좋은
설명들인 보편적인 자연 법칙들에 따른다. 우주적인 것과
인간적인 것 사이의 이런 단순한 관계는 사물들의 우주적
도식에 있어서 인간들의 중심적 역할에 대한 암시이다.
진보는 끝나야만 하는가(파국으로, 아니면 어떤 종류의 완성으로)?
아니면 무한정한 것인가? 대답은 후자이다. 진보의 그런
무한정성이 '무한'이다. 그것과 더불어 진보가 일어날 수
있는 조건과 일어날 수 없는 조건을 설명하는 것은 과학과
철학의 거의 모든 기본적인 분야를 거치는 여행을 수반한다.
그런 각 분야로부터 우리는, 진보가 필연적인 종말은 없지만
필연적인 시작(진보가 시작되는 원인이나 사건, 또는 진보가 시작되고
번성하기 위한 필요조건)은 있다는 점을 알게 된다. 이런 시작들
각각이 그 분야의 시각에서 바라보는 대로의 '무한의
시작'이다. 피상적으로는 많은 것들이 단절되어 있는 듯
보인다. 그러나 그것들은 내가 바로 그 무한의 시작이라고
부르는 실재의 단일한 속성의 모든 측면들이다."

내가 좋아하는 물리학자 데이비드 도이치David Deutsch가 쓴 『무한의 시작: 세계를 바꾸는 설명들』에 나오는 대목이다. 도이치는 권위 있는 학자면서도 '다세계 해석'같은 공상과학적인 논리를 신봉한다. 다세계 해석은 양자역학에서 금기시하는 파동의 붕괴(여러 곳에 중첩된 양자가 관측과 동시에 붕괴해 한 곳에서 발견된다는 이론. 붕괴보다는 수축이라는 말을 사용하기도 한다)를 거부하고 모두 각자의 길로 찢어져 다른 세계로 간다는 휴 에버릿의 이론이다. 다세계 해석은 물리학계에서 이단처럼 보이지만 수많은 공상과학 영화의 토대가 되어왔다. 쉽게 이야기하면 박은지가 죽은 우리 세계가 있고, 자살 행위를 멈추고 여전히 살아 있는 세계가 있다는 것이다. 물론 두 세계는 서로 절대 알 수도, 인식할 수도 없다. 만일 그의 이야기가 맞다면 우리는 수많은 판단 속에서 지금의 세계를 살고 있는 것이다. 이는 값지지 않을 수 없다. 그것이 결국 우리 세계가 진보일 수밖에 없고 부단히 살아가야 하는 세계인 이유다. 지구 나이 45억 살. 원래 지구에는 흙이 없었다. 온통 암석으로 된 대지만 있을 뿐이었다. 이 대지 위로 바다에서 기원한 원시식물이 올라왔다. 그리고 그들은 영토를 땅으로 확대했다. 이때 식물이 스스로 발명한 것이 뿌리다. 뿌리는 암석을 깨뜨리고 잘게 부쉈다. 그리하여 지구 전역의 40퍼센트 가량이 흙으로 덮였다. 약 5억 년 '노동'의 결과다. 물론 그 흙의 태반은 식물 스스로의 죽은 육신일 것이다. 인간도 지난 10만 년 동안 그렇게 살아왔다. 내가 살아가고 내가 인지하는 세상은 그렇다.

박은지
서울 출생
서울지역 사범대학학생회협의회 의장
전국학생연대회의 집행위원장
서울 국사봉중학교 교사
2008년 대한민국 제18대 국회의원 선거 동작을 김종철 후보 수행비서
진보신당 서울 동작당협 부위원장
진보신당 언론국장, 부대변인 대변인
2012년 19대 총선 진보신당 비례대표 7번 후보
노동당 부대표, 대변인

내가 '변경'이라는 주제로 작업을 시작한 것은 6~7년 전쯤 된다. 10년 전 임지현 교수 등이 주도한 '변경 연구'에 감화되어 그들이 펴낸 책은 거의 읽은 듯하다. 특히 내게 영감을 준 것은 서강대학교 김한규 교수의 『요동사』다. 중원과 한반도로부터 변경인 이 지역이 동북아의 질서를 흔들었다는 점에서 무척이나 매력적인 연구였다. 그 변경학을 빌어 내 땅을 기록하는 작업에 써먹기로 하고 두 가지 개념을 만들었다. 신자유주의나 재개발의 논리는 '심상적 변경'이었고, 비무장지대나 서해 5도, 제주 강정마을은 '지리적 변경'이다. 그런데 뭔가 원론이 빠진 듯했다. 과연 중심과 변경은 어떤 근본적인 차이를 지니는 것인가? 모두 타자를 전제하는 개념이다. 작업하면서 수학자이자 물리학자인 루트비히 볼츠만Ludwig Boltzman(1844~1906)을 알게 되었다. 100년 전 열역학 제2법칙과 엔트로피를 주창한 과학자다. ‹$S=k\log W$› 이것으로 시간의 비가역성과 무질서가 표현된다. 하지만 그는 사회학자는 아니었다. 인간계에 이 이론을 적용할 무언가 필요하던 차에 『혼돈으로부터의 질서』를 읽었다. 1977년 노벨화학상을 수상한 일리야 프리고진Ilya Prigogine(1917~2003)의 책이다. 내가 찾던 변경의 핵심이다.

"이제 우리는 사회들이 인간 역사의 비교적 짧은 기간 동안 진화되어 온 여러 가지의 문화들에 의하여 예시되는 잠재적으로 엄청난 수의 분기현상(진화에 있어서 계통이 나뉘어지고 형질의 차이가 커지는

현상)들을 포함하는 엄청나게 복잡한 계들임을 알고 있다. 우리는 그러한 계들이 요동에 대해 극도로 예민함을 알고 있다. 그것은 희망과 위협 모두에 이르게 하는 것이다. 희망에 이르게 되는 것은 심지어 작은 요동이라 할지라도 그것이 성장하여 전반적인 구조를 변화시킬 수 있기 때문이다. 그 결과로써 개별적인 활동은 무의미한 것으로 여겨지지 않게 된다. 반면에 우리의 우주에서 안정하고 영원한 규칙에 관한 안정성이 영원히 사라진 것으로 보이기 때문에 이것은 또한 위협이기도 하다. 우리는 아무런 맹목적인 신념도 불러일으키지 않지만 아마도 어떤 탈무드 교과서들이 창세기의 신이 바랐을 것이라고 여기는 제한된 희망에 대한 공감만을 불러일으키는 위험하고도 불확실한 세계에 살고 있는 것이다."

루트비히 볼츠만
오스트리아의 이론물리학자, 과학철학자. 물리학자로서 스승인 요세프 슈테판의 뒤를 이어 빈 대학 교수가 되고, 에른스트 마하의 후계자가 되었다. 자연의 불가역성에 관한 열역학 제2법칙이 뉴턴의 역학과는 이질적임을 이론적으로 증명하고, 엔트로피라는 개념을 통계학적으로 기초한 최초의 인물이다. 20세기 초반 자연과학 혁명의 선구자가 되었다. 철학사상가로서는 마하의 실증주의와는 달리, 실재론적인 경향을 강하게 띠고, 유물론에 근접했다고 할 수 있다. 윤리 문제 등에 대해서도 철저한 다윈주의적 자연주의자였다. 자신의 원자론을 인정하지 않는 세상에 맞서 스스로 목숨을 끊었다.

일리야 프리고진
벨기에의 물리학자이자 화학자. 모스크바 태생으로 1951년부터 브뤼셀 대학 교수로 있으며, 물리학 · 화학 연구 소장(1959~) 및 텍사스 대학 통계 열역학 센터 소장(1967~)을 겸임했다. 비가역과정의 열역학을 체계화하고, 비평형 개방계의 물리학 · 화학을 일관적으로 추구하였다. 1977년 노벨화학상을 수상하였다.

신자유주의 대한민국의 풍경

›

자살률 세계 1위, 청소년 자살률 1위, 낙태율 세계 1위, 유아 유기 1만 2,000명, 이혼율 1위, 저출산율 1위, 고아 수출 세계 1위, 고아 수출(해외 입양) 16만 명 (누계), 미국·캐나다 원정출산 2만 7,000명(누계), 해외 진출 매춘 여성 12만 명(세계 1위), 절대 빈곤 청소년(18세 이하) 100만 명, 결식아동 120만 명, 수업료 못 내는 고교생 4만 명, 가출 청소년 50만 명, 방학 결식 초등생 62만 명, 평소 결식 중고생 20만 명, 교통사고 사망률 세계 1위, 제왕절개 세계 1위, 1인당 술 소비량 세계 1위, 음주운전율 세계 1위, 음주운전 사고 세계 1위, 흡연율, 청소년 흡연율 1위, OECD 국가 중 강간율 1위, 사교육비 1위, 학교 교육비 가계 부담률 1위, 대학 학비 민간 부담률 1위, 교사 평가도 최하위, 국민소득 대비 부동산 값 1위, 범죄 건수 202만 건(2009년, 경찰청), 국민 1인당 의료비 1,688달러로 OECD 24위(OECD 평균 2,984$), 국가 의료비 비율(국민의료비/GDP) 6.8%로 OECD 26위(OECD 평균 8.9%), 인구 1000명 당 의사 수 1.7명으로 OECD 29위(OECD 평균 3.1명), 간암/갑상선암 발병률 OECD 1위, 위암 발생률 1위, 결핵 사망률 1위, 당뇨병 사망률 1위, 뇌졸중 사망자 남 97명, 여 64명(OECD평균 남 60, 여 48명), 폐암 사망률 65명 (인구 10만 명당, OECD평균: 55명), 40대 남자 사망률 세계 1위(스트레스에 의한), 소득불평등도 OECD 2위(1위 미국, 3위 멕시코), 백만장자 증가율/빈부 격차율 세계 1위, 인구 10%가 국가 전체 부의 74% 점유, 인구 1%(10%)가 사유지 57%(86%) 독점, GDP 대비 공공복지 지출비율 OECD 최하위(OECD 34위, 멕시코 35위), 외채 5,100억 달러(GDP의 55%), 가계부채 약 912조(2010년), 국민소득 대비 가계 부채 95%, 1가구당 평균 부채 약 5,200만 원(빚 있는 가구는 평균 8,100만원), 국가경제 무역의존도 95.9% 세계 1위(2009년, 2008년 108% vs 2000년 74.3%), 수출의존도 49.9%로 OECD 2위(사우디아라비아 1위 52.7%), 곡물 자급률 26% OECD 꼴찌(쌀 자급도 95.8%, 쌀 제외 자급도 5%, 밀 0.2%, 옥수수 0.7%), 빈곤율 20.9% OECD 1위(OECD평균 10.6), 최저임금 대상자 약 234만 명, 신 빈곤층 382만 명(일할 수 있는 18~65세, 최저생계비에도 못 미치는 계층), 신용불량 410만 명, 전기/가스 차단 130만 가구, 상대 빈곤율 18%(농어민 제외), 최저생계비 OECD 꼴찌, 최저생계비 이하 750만 명(농어민 제외), 월수입 100만 원 이하 노동자 비율 38%, 빈곤층 1,200만 명(4인 가족 월수 150만 원 이하 750만 명, 4인 가족 월수 150만~200만원 450만 명), 무주택가구 비율 45%(대한민국 주택보급률 106%), 노동시간 OECD 1위(2,300시간으로 압도적), 노동생산성 OECD 최하위권, 저임금노동자 비율 OECD 1위, 사회 불평등·빈부격차 1위, 빈부격차 불만지수 OECD 1위, 성별 임금격차 OECD 1위, 노동자 경제고통지수 세계 3위, 실업률 22%(OECD 계산법), 무직 가구 비율 17%(6가구 중 1가구), 비정규직 노동자 900만 명(전체노동자의 50%), 임시직 노동자 비율 OECD 2위, 생계형 알바 300만 명(전체 알바의 60%), 청년(15~24세) 백수 450만 명, 부패지수 아시아 3위(1위 중국, 2위 베트남), 청렴지수 세계 47위(OECD 꼴찌), 육아 지원 재정 부담 비율 OECD 꼴찌, 생활 만족도 OECD 꼴찌, 산재 사망률 OECD 1위, 정신병원 강제 입원률 세계 1위, 독서 안 하기 OECD 1위(성인 1인 당 한 달에 1.8권), 노동소득 분배율 OECD 최악 1위 59%, 자본소득 분배율 OECD 최고

CU
PY
99%
OCCUPYTOGETHER.ORG

ADT
1588-6400
CAPS

III

북쪽 변경 DMZ에서

›

민통선과 비무장지대(DMZ)에 들어가 사진을 찍는다는 것은 기쁘기도 한 동시에 당혹스러운 일이기도 했다. 금단의 땅으로 당당히 들어간다는 것은 약간의 우쭐함을 동반한 기쁨이지만 곧 평범하고 조금은 뻔해 보이는 풍경에 맞닥뜨린다. 그리고 순간 당혹함을 감추지 못한다. 하지만 여전히 우리는 그곳에 특별한 것이 존재하리라 믿게 된다. 그러나 곧 전쟁 후 60년 넘게 방치된 황폐한 풍경일 뿐이라는 매우 사실적인 현실 앞에 곤혹스러움을 느끼는 것이다. 비무장지대는 국제조약이나 협약에 의해서 무장이 금지된 지역 또는 지대다. 비무장지대에는 어떠한 군사 시설도 설치할 수 없다. 비무장지대에는 군대의 주둔이나 무기의 배치, 군사 시설의 설치가 금지되며, 일단 비무장지대 설정이 결정되면, 이미 설치된 것을 철수 또는 철거하여야 한다. 비무장지대는 주로 적대국의 군대 간에 발생할 우려가 있는 무력충돌을 방지하거나, 운하·하천·수로 등의 국제 교통로를 확보하기 위해서 설치된다. 한국은 휴전선으로부터 남·북으로 각각 2킬로미터의 지대가 비무장지대로 결정되었고, 인도차이나 휴전 협정에서는 베트남의 북위 17°선인 휴전선으로부터 남북으로 각각 5킬로미터의 지역이 비무장지대로 설정되었다.

도대체 이곳은 전쟁과 평화 사이의 어디쯤일까? 새벽녘 어스름 속 철조망 건너 흘러가는 물줄기도, 안개로 뒤덮인 울창한 숲과 드넓게 펼쳐진 논밭도 우리가 '전쟁'과 '평화' 사이 어디쯤 위치했는지 말해주진 못했다. 긴장으로 채워진 일상의 반복은 평화라는 이름으로 쉽게 포장되지만, 우리는 서쪽 끝부터 동쪽 끝까지 이어진 155마일의 철조망 사이에서 긴장이라는 새살을 끊임없이 요구하게 된다. 그래야 사진가는 뭔가 찍을 것 아닌가?

나는 거대한 망원렌즈를 들고 분단의 풍경을 접수하러 다녔다. 하지만 병풍처럼 늘어선 산줄기의 아름다움도, 물안개가 피어오르던 깊은 계곡도, 고라니와 백로가 함께 물을 마시던 그 '에덴동산'도 그림의 떡일 뿐이다. 가지 못해, 억지로 움켜쥐기라도 하듯 망원렌즈로 당겨보지만, 피사체는 커지기만 할 뿐 나는 그곳으로 한 발자국도 다가서지 못한다.

하지만 나는 이 뻔한 풍경에 가슴이 시렸다. 그리하여 나는 이 땅을 사랑하기로 결심한다. 이곳의 사람, 동물, 풀 한 포기마저도 의미 없는 것은 없었기에, 이것을 기록하고 누군가에게는 보여주어야 하는 사진가이기에 그랬다. 그리고 먼 훗날 이 땅이 평화로울 때 나의 사진이 '긴장'되었던 때를 떠올릴 교훈의 도구이길 바랐다. 사진갤러리 류가헌의 박미경 관장은 이런 내 사진을 보고 '이상한 숲'이라 이름 붙였다.

"당신과 나 사이에 숲이 있다. 날카로운 손톱으로 내가 당신을 할퀼까 봐, 혹은 당신의 주먹이 내 가슴을 칠까 봐, 우리 둘 사이에 놓인 숲이다. 당신과 내가 마주 보는 사이에 놓인 이 숲은, 당신과 내가 마주 본 세월만큼이나 오래되었지만, 한 번도 울창해진 적이 없다. 당신의 주먹이 앙다짐을 할까봐, 내 손톱이 날을 세울까 봐, 우리는 이 숲을 사이에 두고 서로를 경계한다. 숲이지만, 숲이 되어서는 안 되는 숲. 때문에 약속처럼, 때론 당신이 때론 내가 이 숲에 불을 놓는다. 나무들은 자라지 못하거나, 당신과 나의 관계처럼 기괴하게 웃자란다. 더불어 살아야 하는 작은 관목들도 스크럼을 짜지 못하고, 혼자 외롭거나 옆으로 자란다. 키 작은 풀들만이 잔디처럼 번질 수 있다. 이상한 숲이다. 누구도 이 숲에 들어갈 수 없다. 물을 마시기 위해 숲을 지나 온 노루의 발자국 밑에도, 공중을 나는 백로의 그림자 안에도, 지뢰가 숨어 있다. 이상한 숲이다."

철원에 갔다. 비가 내려 중도에 취재를 접어야 하는 것은 아닌가 했다. 서울은 비가 온다는데 그래도 무작정 가본다. 자주 있는 기회가 아니니 그저 운에 맡겨보자. 다행히 철원에 가까울수록 비가 잦는다. 전부터 DMZ가 보이는 전망대에 수없이 올랐지만 이곳 철원의 태풍전망대는 민간인 비공개 지역이라 조금은 특별하다. 그곳 대대장에게 사진에 대한 준수사항은 이미 알고 있으니 조금만 더 시간을 내달라 하고 풍경을 감상했다. 준수사항이란 우리 쪽 시설물을 찍지 말라는 것이다. 하지만 북쪽이나 남쪽 시설물을 모두 피해가면서 사진을 찍기란 참으로 난망하다. 하지만 무심한 척 안 찍는 척 풍경을 본다. 역시나 비는 그쳤지만 흐리다. 한 번도 맑은 날을 못 봤다. 운이라 생각할 밖에. 하지만 그 풍경이 내겐 더 좋다. 무엇인가 감춘 듯, 슬픈 듯, 우울한 듯. 마침 비도 내려줄 것 같다. 수첩을 꺼내 평소와 다르게 건조한 메모 대신 시 한 줄 적는다.

남북이 싸지른 불길에도 / 푸르렀다 / 한 치 틈도 없이 /
6월, DMZ는 그랬다 / 골프장처럼 / 화원처럼 / 원시림처럼 /
푸르렀다 / 그곳에서 민족을 생각했냐고? /
그곳에서 분단을 생각했냐고? /
모르겠다 / 그냥 푸르렀다

내 망막은 / 내 뇌는 / 그저 푸름을 먼저 알았다 /
300mm 망원렌즈 너머로 빠져들 듯 / 임진강을 본다 /
하지만 내가 다가간 것은 아니다 / 그저 확대됐을 뿐 /
나는 제자리에서 한 치도 다가서지 못했다 /강물은 그냥 푸르렀다

푸른 제복 입은 GOP 경계병이 담배를 핀다 /
웃음기 없는 이 청춘의 연기도 푸르렀다 /
태풍전망대로 세찬 바람이 지난다 /
펄럭이는 유엔기도 푸르렀다 / 그냥 모든 것이 푸르렀다

참 우울한 날들이다. 세상이 우울하니 나 역시 그 우울함 속에서 걷고 찍고 생각한다. 분단의 땅에서 아름다움을 느낀다. 하지만 황홀함이 아닌 쓸쓸함이다. 이 땅 DMZ는 전쟁 중에 죽어간 수많은 영혼을 품고 있고, 수많은 지뢰를 품고 있으며, 주기적으로 맹렬한 불덩어리를 품고 있다. 인간의 인위적인 조작은 아니지만 이 풍경은 결코 자연 그대로는 아니다. 그 변형된 풍경은 세상 어디서도 볼 수 없는 슬픈 아름다움이다.

요즘 우리 땅은 미군이 몰래 묻은 고엽제로 몸살이다. 퇴역 군인인 스티브 하우스가 경북 칠곡의 미군 기지 캠프 캐럴에 1978년 에이전트 오렌지로 불리는 고엽제를 대량으로 파묻었다고 증언했다. 그런데 더욱 문제는 이 고엽제가 우리 땅에도 엄청난 양이 뿌려졌다는 것이다. 바로 DMZ다.

남방한계선 철책에서 바라본 DMZ 안의 풍경은 묘했다. 60년 넘게 봉쇄되었다고 믿기지 않는 이상한 숲의 형태 때문이었다. 어떤 곳은 잡초만 무성한 평원이고, 어떤 나무들은 기형적으로 드문드문 군락을 이루고 있었다. 현지 병사의 증언은 산불 때문일 것이라 했다. 바로 남과 북이 시계 확보를 위해 자연발화인 것처럼 위장한 산불 말이다.

이미 우리 사회에서 고엽제는 익숙한 단어다. 베트남 전쟁 당시 밀림의 파괴를 위해 식물의 생장을 방해하는 2·4·5-T계와 2·4-D계를 혼합한 제초제를 다량 살포했다. 이 제초제를 고엽제라 한다. 이 제초제에는 인류가 제조한 최악의 독물 중 하나인 다이옥신이 포함되어 있다. 그리고 이 제초제가 담긴 용기는 오렌지색으로 표기되어 에이전트 오렌지라고 불렸다.

DMZ 안을 들여다보며 왜 이런 풍경이 만들어졌는지 궁금했다. 단지 산불 때문인가? 알 수 없다. 이곳은 골프장인가? 이 잔디 같은 것은 무엇인가? 들은 바로는 귀화식물인 개똥쑥과 돼지풀이 주종이란다. 억척같은 식물들이다. 왜 이런 식물들만 자라는가? 혹시 아직도 고엽제로 인한 식생의 파괴가 여전한 것은 아닐까?

고엽제가 다량 살포된 베트남에서는 생태계가 파괴되고, 나무는 말라죽어 회복되지 못했으며, 이에 노출된 사람들은 암 등의 각종 질환에 시달릴 뿐 아니라 2세, 3세까지 기형이나 정신질환을 유발했다. 당시 이 고엽제의 문제를 인식하지 못했던 미군과 한국군 역시 엄청난 후유증에 시달리고 있다.

5번국도가 가로지르는 철원평야를 본다. 지금도 사람들이 도로와 주변을 관리하는 것 같다. 하지만 그럴 리 없다. 최근의 증언에 따르면 산불에 앞서 DMZ를 황폐화시킨 것은 고엽제였던 것이다. 그간 DMZ 고엽제 살포 작업은 미 군사고문단이 작성한 '식물통제계획 1968'에

따라 1968~1969년 미군의 지휘 아래 한국군이 두 차례 벌인 것으로 알려져 있다. 국방부 관계자는 "1968년 4월 15일에서 5월 30일, 1969년 5월 19일에서 7월 31일 두 차례에 걸쳐 비무장지대 일대에 에이전트 오렌지 2만 1,000여 갤런, 에이전트 블루 3만 8,000여 갤런, 모뉴런 9,000여 파운드 등의 고엽제가 살포됐다"며 "그 이후 추가로 고엽제를 살포한 기록은 남아 있지 않다"고 밝힌 바 있다. 하지만 이도 거짓말이다. «한겨레»의 보도에 따르면 1962년부터 꾸준히 고엽제는 살포됐다.

당시 근무했던 장병과 민간인들의 계속되는 증언은 1970년대 중반까지도 DMZ 안에서 고엽제 사용은 지속되었고, 1978년 미국 정부의 요구로 매립되기 전까지 이어지지 않았나 하는 의심도 든다. 민통선 안에서 농사를 짓는 한 민간인은 당시 고엽제가 살포된 지역은 지금도 풀 한 포기 자라지 못한다는 충격적인 증언을 하기도 했다. 시간이 지나도 고엽제의 생태계 교란은 여전한 것이다.

지금도 DMZ에 대한 개발 논의는 무성하다. 남방한계선 철책 밑으로 자전거도로를 내겠다고 한다. 이 정권이 아니어도 언제든 DMZ는 최상의 생태 테마파크로 조성될 것이다. 하지만 지금까지 DMZ 내에 고엽제와 관련된 조사가 있었는지 알고 싶다. 얼마나 많은 양이 얼마나 광범위한 지역에 살포되었는지? 생태계의 영향은 어땠는지? 이렇게 이상한 숲이 만들어진 이유가 산불 때문인지, 아니면 고엽제 영향 때문인지 말이다. DMZ 안의 숲은 고요했다. 그러나 말이 없는 것이 아니라, 아우성치며 스스로를 정화하고 있는지도 모른다. 우리는 수십 년을 듣지 못했다. 이문재 시인은 이렇게 이야기 했다.

"비무장지대는 '음산한 고요'의 지대이다. 비무장이 없는 비무장지대, 완충 능력이 없는 완충지대에서 상상한다. 비무장지대에서 평화적 수단에 의한 평화를 꿈꾸는 것은 무모하다. 그래서 다시 상상한다. 나로부터 시작하자. 대륙의 아들로 태어나 섬나라 젊은이로 성장한 나로부터 출발하자. 내 마음의 무장지대를 면밀하게 들여다보자. 내 안의 충돌지대를 꼼꼼히 살펴보자. 내 몸과 마음이 온통 과잉 무장지대는 아니었는가. 평화적 수단에 의한 평화를 가로막아온 '반통일 세력'이 바로 내 안에 있지는 않았는가."

이문재
1959년 9월 22일 경기도 김포 출생으로 경희대학교 국문과를 졸업했다.
1982년 «시운동» 4집에 「우리 살던 옛집 지붕」을 발표하며 등단했다. 소월시문학상, 지훈문학상, 김달진문학상 등을 수상한 바 있다. 『내 젖은 구두 벗어 해에게 보여줄 때』(1988), 『마음의 오지』(1999), 『제국호텔』(2004), 『지금 여기가 맨 앞』(2014) 등의 시집을 간행했다. 현재 경희대 후마니타스칼리지 교수다.

›

연기가 나는 총(SMOKING GUN). '결정적 증거'라는 표현이라고 한다. 총에서 총알이 나갔으니 연기가 날 테고, 이것이 총을 쏜 결정적 증거라는 것이다. 이 단어가 요즘 우리 사회에서 흔히 쓰인다. 2010년 백령도 앞바다에서 벌어진 천안함 침몰의 원인이 "북한에 의한 어뢰 공격"이라며 내놓은 증거가 녹슨 어뢰 잔해와 1번이라 쓰인 한글이었고, 이를 지칭해 쓴 용어가 바로 '스모킹 건'이다. 하지만 이 결정적 증거 앞에서 대다수 국민은 믿지 않고 있다. 정부가 감추고 있는 '무엇'을 더 신뢰한다. '피로 절단', '한국군이 설치한 기뢰', '미국의 잠수함' 등 음모는 지하뿐 아니라 거리를 활보한다. 애초에 스모킹 건이 미국 닉슨 정부가 저지른 워터게이트 사건을 은폐하는 과정에서 만들어진 용어라는 점이 의미심장하다.

남방한계선. 그곳 GP에 불교의 상징 '卍'자 조형물이 세워져 있다. 그런데 '만' 자가 좀 이상하다. 남방한계선 뒤에서 보니 뒤집혔다. 나치를 떠올린다. 그 철책 안에서 보이는 저 DMZ는 평화로운가? 사실 우리의 일상은 평화와 죽음 그 중간 어디쯤 어정쩡하게 놓여 있다. 무겁게 짓누르는 어두운 하늘은 우리 현실이 그다지 평화롭지 못함을 암시한다. 우리는 전쟁과 평화의 어디쯤 있는 것일까? 어쩌면 우리는 지금 전쟁이 사라지고 평화로운 시대에 살고 있다고 생각할지 모른다. 하지만 한국전쟁 후 60년이 지난 지금 전쟁은 사라지지 않았다. 사라지기는커녕 천안함 사건으로 보듯이 우리는 전면전은 아닐지라도 저강도 전쟁 상태에 있다. 북한을 위협하는 한미 군사훈련이 일상으로 벌어지며, 북한의 붕괴를 유도하는 극우단체의 삐라는 상공을 떠돌고 있다. 하지만 이것이 우리가 전쟁 중이냐는 결정적 증거가 될 수 있을까?

판문점에서 만난 병사는 인간 터미네이터일까? 수십 분 동안 꼼짝을 하지 않는다. 무거운 침묵. 공동경비구역(JSA)은 분단을 상징하는 공간이자 남북의 소통 공간으로 이용되는 곳이다. 남과 북의 두 병사가 마주보고 있는 긴장의 순간이다. 두 시선은 보이는 것을 보이지 않기 위해 선글라스를 쓴다. 근처 대전차방해물은 또 어떤가? 전쟁을 준비하는 것만 같은 풍경이다. 혹은 전쟁의 일상이거나. 곳곳에 전쟁 기념비와 동상이

서 있다. 전쟁의 우상화인가, 무력에 대한 가슴 저린 추억인가? 여전히 진행되는 미수복 지역에 대한 향수인가? 전쟁은 기념의 대상인가? 전쟁기념관, 한국전쟁 60주년 기념…. 나는 몇 년 전 민통선과 DMZ 지역을 방문해 사진을 찍을 수 있었다. 한국전쟁 60년을 돌아보는 출판기획이었다. 이 취재에는 사회학자와 경제학자도 동행했다. 우리는 그곳에서 전쟁이 중단된 것이 아니라는 결정적 증거들을 발견할 수 있었다. 일상적으로 도로를 질주하는 전차와 하늘을 가로지르는 전투 헬기에서, 팽팽하게 긴장되어 있는 DMZ 앞 남방한계선 철책에서, 60년이 지났으면 아름드리나무로 자라야 했을 나무들이 시계 확보를 위해 수시로 남북이 놓는 산불로 인해 잡목에 머문 DMZ 안의 숲에서 나는 그 결정적 증거들을 발견할 수 있었다. 내 카메라는 총이 되었고 그 속에서 만들어진 사진은 스모킹 건이 되어 우리가 여전히 전쟁 중이라 증거하고 있었다. 연천 시내를 가로지르는 전차들. 일상의 전쟁 준비. 방어인가, 공격 위협인가? 우리의 무감각. 하늘을 가로지는 공격용 헬기. 저강도 전쟁 하의 우리 일상은 그저 신기한 오브제를 봤을 뿐이다. '만족할 때까지!' 강원도 고성군 통일전망대 앞 포토존. 프로가 만족할 때까지 찍어드린다고 해도 아무도 관심 없다. 내가 내 카메라로 찍는 세상이다. 요즘 정치인들이 국민이 만족할 때까지 대북 정책을 제시해도 별 관심이 없다. 대신 그들의 발언을 열심히 가공해 내 생각으로 전파한다. 댓글에 만족할 때까지. '셀카' 시대의 정치적 반영인가?

2010년, 한국전 60년에 우리의 평화는 후퇴하고 있었다. 남북 간에 맺어진 평화적 합의는 휴지조각이 되었고 신 냉전의 살얼음이 한반도 전역에 깔리고 있다. 지난 수년간 쌓아온 신뢰는 땅에 떨어졌고 중국과 미국의 대리전 양상까지 벌어지고 있는 이 순간이 어찌 전쟁 중이 아니라고 할까? 독일 훔볼트대학교 미카엘 렘케는 "두 독일 사회가 한국에서의 사건에 직면하여 방위 문제에서 대부분 당국에 복종하기를 거부했다. 실제로 한국전쟁에서 정부 견해에 맞는 교훈을 이끌어내야 한다는 정치적 압력이 있었지만, 오히려 그와 반대되는 전 독일적 반군사적·평화주의적 단결이 일어났다. 한국 위기는 독일 분단국가 사회에 비중 있고 영속적인 중요한 교훈을 남겼다. 그것은 어떤 희생을 치르더라도 체제 경쟁과 국토 통일이 무력에 의해 이루어져서는 결코 안 된다는 것이었다. 이 정치적이고도 주관적으로 내면화된 교훈은, 양독 간의 접촉과 두 독일

금강산 해금강을 배경으로
기념 촬영 해드립니다!
만족할때까지 촬영 해드립니다!

국가의 체제와 사회들 사이의 일정한 투과성이 냉전기간 동안 한 번도 완전히 봉쇄되지 않고 희미하나마 대화의 끈이 완전히 끊어지지 않게 하는 데 일조했다"고 했다. 우리는 60년 동안 반면교사 역할만 할 것인가? 평화는 점점 지쳐가고 있다.

カンバイ
깐빠이

EAST N WEST
JOY
FRIEND
2F

절이 있다. 이름 하여 피안Paramita(진리를 깨닫고 도달할 수 있는 이상적 경지를 뜻하는 산스크리트어)에 도달한다는 철원의 도피안사다. 그 안 대적광전에는 철조비로자나불이 기름 먹은 녹으로 코팅되어 번들거린다. 주변은 벌레들의 울음소리, 바람 스치는 소리 외에는 들려오지 않을 정도로 적막하다. 민통선 안이기 때문일까? 아니면 오늘따라 더욱 참배객이 없어 그리 느끼는 것일까? 침묵의 도피안. 그곳은 바로 민통선 안쪽 땅이었다.

민간인출입통제선(민통선)은 남방한계선 바깥 남쪽으로 5~20킬로미터에 있는 민간인 통제구역을 뜻한다. 1953년 7월 27일 미국·중국·소련에 의해 155마일 휴전선이 그어지고, 양측 군대의 접촉선을 군사분계선으로 해 이 선에서 남북이 똑같이 2킬로미터씩 뒤로 물러난 지역을 DMZ, 즉 비무장지대로 정했다. 이 비무장지대 바깥의 남쪽 철책선을 남방한계선, 북쪽 철책선을 북방한계선이라 한다. 그런데 또다시 1954년 2월 미국 육군 사령관 직권으로 휴전선 일대의 군사 작전과 군사 시설 보호, 보안 유지를 명목으로 남방한계선 바깥으로 5~20킬로미터의 보이지 않는 선을 그어 민간인의 출입을 금하였는데, 이 선이 바로 민통선이다. 민통선이 그어진 후 이 구역 안에는 민간인의 출입이 철저히 통제되어 오다가 1990년대 들어 국방부가 민통선의 범위를 대폭 북쪽으로 상향 조정함으로써 총 111개 마을 3만 7,000여 명 가운데 51개 마을 1만 9,000여 명의 통행이 자유롭게 되었다. 2001년 현재 민통선 안에서도 인근 주민들이 군사시설보호법에 따라 일정한 절차를 거치면 농사도 지을 수 있도록 통제가 완화되었다.

강화도 민통선 지역. 애기봉전망대의 영상 자판기가 눈에 들어온다. 500원이면 북한의 환상적인 모습을 볼 수 있단다. 하지만 박정희 전 대통령이 만든 애기봉전망대에서는 한강 너머 개풍군의 모습만 뿌옇게 보인다. 그 앞 강화의 논. 강화도와 인근 교동도에서는 양질의 미곡이 풍부하게 생산된다. 특히 민통선 안에서는 기계화를 통해 소수의 농민이 많은 양의 쌀을 생산한다. 새벽 다섯 시, 박명의 해안선. 해가 떠오르기 직전에 인간의 눈은 가장 둔감해진다. 해병대 병사들이 논두렁 위에 놓인 철책을 일일이 점검하고 있다. 논도 잠들지 못하고, 철책 너머 바다도 잠들지 못하고, 해병대 병사들도 잠들지 못했다. 새벽에 강화의 논을 봤다. 민통선 안쪽에 위치한 송해면 지역의 새벽 풍경이다. 이른 아침 물을 대기 위해 농민들은 논으로 나간다. 바다에 접한 강화는 자주 안개에 갇힌다. 그리고 이른 아침. 민통선에 해가 떠오른다. 무척이나 고요하다. 짙은 안개 속에서 농민들이 부지런히 움직인다. 하지만 강화 시내의 풍경은 다르다. 도시는 부동산 간판이 뒤덮고 있다. 물론 민통선 안쪽의 땅도 투기꾼들의 관심 지역이다. 언제고 그곳이 황금알을 낳는 땅이 되리라 그들은 예상한다. 남한 땅에서 예외란 없다. 땅은 돈이다.

연천군의 민통선은 지뢰와 만난다. 민통선과 비무장지대에는 수많은 지뢰가 숨어 있다. 군은 최근 연천 지역 세 개 지역에서 지뢰 제거 작업을 벌였다. 하지만 민통선 안쪽에서 농사를 짓고 있는 이들에게 지뢰는 여전히 공포의 대상이다. 한가한 초여름의 연천. 도무지 긴장을 느낄 수 없는 이곳 어딘가에서 포성이 울리고 탱크들이 지나간다. 일상의 긴장은 사람을 혼란스럽게 한다. 민통선을 가로질러 군의 작전 헬기가 날아간다. 서울에서 조금 벗어난 곳에 이러한 풍경이 있다는 것이 무척이나 낯설게 느껴지는 동시에 긴장감을 주기 충분하다. 상시적인 훈련이지만 요즘 같은 남북 대치 상황에서는 예사롭게 보이지 않는다. 민통선 지역을 빠져나와 연천 시내를 지나치는 전차들이 분주하다. 표지판은 경고한다. 차와 함께 전차의 모습이 그려진 표지판에서 이곳이 전방 지역임을 깨닫는다. 흐드러진 들꽃과 함께 중단된 전쟁의 긴장을 동시에 맛본다. 전차가 요란하게 지나간 도로의 옆 개울에는 대전차방해물이 놓여 있다. 하천을 가로지르는 대전차방해물 위로 백로는 한가롭게 노닐고 사람들은 천렵을 즐긴다. 이 방해물 때문인지 보기 드문 자연 습지가 펼쳐진다. 그 옆에 방공호가 있다. 이제 우리에게 너무 낯선 등화관제만큼 방공호도 신기하다. 공중 폭격에 대비한 주민들의 피난 시설인데 흉물처럼 방치되고 있다.

철원과 화천을 둘러본다. 백마고지 위령비. 안보 관광에 나선 사람들이 한국전쟁 최대 격전지였던 백마고지에 세워진 위령비를 둘러보고 있다. 민통선 안쪽은 농사 아니면 안보 관광이 주요 산업이다. 또 하나, 평화의댐이 있다. 바람소리만 스치는 이 광막한 댐의 하류에는 들꽃만 만개했다. 이 댐은 왜 여기 서 있을까? 그 위로 평화의 종이 걸려 있다. 30개국에서 모은 탄피로 제작했다고 한다. 이 긴장의 땅에 걸린 종이 있는 풍경은 그 자체가 모순이다. 댐을 보니 만수위 표시가 있다. 북한의 수공에 대비한다는 댐답게 만수위 표시가 거대하다. 평화의댐 안쪽, 물이 얼마나 차오르는지를 확인할 수 있는 거대한 눈금 하나가 10미터다. 과연 이 물이 채워진 적이 있을까? 화천으로 흐르는 북한강. 화천은 물의 나라다. 금강산 만폭동에서 용솟음친 북한강이 화천 파로호로 이어진다. 물은 맑고 새는 자유롭다. 처음 본 민통선 안쪽 북한강의 모습이다. 4대강 사업이 여기까지 올라오진 못했다.

2136
225

강화 그리고 교동도에서

›

도발했다. 도발당했다. 우리는 늘상 도발당한다. 경제력은 수십 배, 군사력은 수 배에 달하는데도 늘 도발당한다. 그들은 폭력적이고 우리는 평화적인 것 같다. 언어는 우리 의식을 지배한다. 기표는 늘 그러하다. 하지만 기의 또한 그러한가? 강화도 제적봉평화전망대 안의 작은 박물관에서 찍은 사진은 '도발'이었다.

안개 자욱한 새벽 제적봉평화전망대 앞마당의 전차는 누군가를 주시한다. 감시한다. 도발할까봐. 도발당할까봐, 하지만 우리는 저 안개 너머에서 도발을 유도하고 있지는 않은가? 연평도 사태의 배후는 무엇인가? 호국 훈련의 실체는 무엇이었기에 그들은 비난하고 결국 포탄을 날린 것인가? 포탄을 날린 저의는 무엇인가? 체제 강화인가? 그리고 우리는 도발당했다고 한다? 도발당한 것은 맞는 것인가? 기표와 기의 사이에 수많은 물음표가 찍힌다. 둘 사이가 너무 멀다.

실제 연평도는 국지전의 무대다. 정전 60년 동안 꾸준하고 집요하게 치고받고 분쟁을 일으킨 곳이다. 그래서 우리는 평화를 살고 있는 듯하지만, 저강도 전쟁 하에 있는 것이다. 왜 북방한계선(NLL)을 그대로 두어 끝없이 분쟁을 일으키는 것일까? 평화보다는 잔잔한 분쟁이 더 즐거운 것일까? 길을 걷다가 스치듯 봤다. 우리 초소 안에 인민군 병사가 잠입했다. 뭘 하고 있는 것일까? 강화와 김포 사이의 염하를 따라 이어지는 해안도로를 걷다가 이제는 비어버린 초소 안에서 낯선 풍경을 본다. 저 인형이 실제 육체로 보이지 않지만 우리는 그 살의와 적대의 기의를 읽는다. 적인가, 친구인가? 이것은 무엇인가? 왜 우리 초소에 인민군이 경계를 서나? 아마도 사격용 표적으로 쓰던 놈을 슬쩍 눈속임용으로 가져다놓은 모양이다. 가만히 본다. 저놈은 내 안에 있는 적인가, 친구인가?

"나의 조국 금수강산 / 두 동강이로 허리를 잘라 / 강화도를 휘감아 / 한강수는 유유히 흐르고" 우리의 유장한 시인들은 분단을 가슴 아프게 노래한다. 하지만 그 비장한 언어 사이에는 가여움과 분노만 남았다. 더 이상 이런 언어로 분단을 떠올리지도 그 모순도 떠올리지 못한다. 악의 축 또는 악만 남은 가난뱅이가 분단의 실체가 되어간다.

그 경계선이 이런 철조망이다. 적과의 경계가 아니라 미래에 넘쳐올 난민을 막는 철조망일지도 모른다. 그 철조망의 이미지는 기표로 담기지만 과연 어떤 의미로 읽힐지는 나도 그들도 모른다. 해병대원들이 이 긴 해안선을 지킨다. 친필로 제적봉 비문을 남긴 김종필은 냉전의 대결 상황을 이 한마디로 남겼다. 제압하라! 또는 제거해라! 하지만 오늘처럼 겨울이 오는 계절에는 안개 탓에 한 치 앞도 보이지 않는다. 제압하고 제거해야 할 적들이 보이지 않는다. 그만큼 우리의 분단은 모호하다. 민족이기에 통일해야 하고, 공산 세력이라 제거해야 한다. 분단의 다른 언어가 있다면 안개다. 그래서 우리의 분단 언어는 폐기되고 있다. 전쟁과 양민학살이 남긴 의미들이 언어로 살아났다가 다시 피폐한 흔적으로 사라져간다. 기표와 기의는 점점 멀어져간다.

요즘 우리 사회에서 벌어지고 있는 역사 논쟁은 박근혜 집권으로 강화되는 근현대사 재수정 작업의 일환일 것이다. 군사정권의 정당성에서 소급되어 일제강점기의 평가가 주된 논쟁의 대상이다. 약 100년의 역사는 꽤 자료가 많은 편이고 당대를

살아왔던 인간도 생존해 있다. 그래서 그 판단은 역학적이다. 학술적인 정리 역시 당대의 세력 관계를 표현한다. 일단 좌우의 논쟁은 그렇다 치고 좌파 내의 논쟁 또한 존재한다. 즉 민족주의를 수용하는 태도에 있어서 한쪽은 과다하고 한쪽은 냉담하다. 따라서 용어 하나를 두고도 첨예하게 부딪친다. 나는 탈민족주의를 지향한다. 그것이 평등과 평화를 가치로 하는 사회주의와 인류애에 적당하다. 일관성도 있다. 하지만 늘 보편에는 특수성이 존재한다. 한반도의 지난 100년이 그 특수성에 해당한다. 수많은 특수성이 이 땅에서 살아왔고 살고 있는 우리들에게 지워졌다. 따라서 분단 모순은 민족 모순을 증폭시키고 해소할 수 없는 악몽 같은 환생의 고리를 만든다. 최소한 논쟁에 나서고 그것을 대중에게 설득하려면 이 점을 꼭 기억해야 한다. 우리의 현재가 어떤 길을 걸어왔는지. 지금의 모습만으로 과거를 해석하지 말아야 한다는 것이다. 내 자신 역시 전에 지녀왔던 민중사관에는 회의하지만 그 근본적인 문제의식에는 여전히 동의한다. 다만 사실에 충실해지고자 한다. 역사적인 사실을 사관이 덮어버릴 순 없다.

제적봉을 내려와 한강 하구에 섰다. 양민들을 절벽에서 떨어뜨려 살해한 그 자리, 폐쇄된 구 강화대교와 빈 초소 사이에 하저로 내려뜨린 잠수정 잡는 그물만이 살아 있는 실체다. 분단의 실체다. 그 앞에 서 있는 경고문. 출입도 찍지도 말라는 준엄한 경고다. 우리는 경고에 익숙해져 있다. 하지 말아야 할 것에 대해 이미 60년 동안 길들여져왔다. 들어가지 마라. 찍지 마라. 저 언어가 분단을 나타내는데, 도무지 분단은 떠올려지지 않는다. 단지 불편할 뿐이다. 하지만 담보 잡힌 우리의 평화는 어디 있는 것인가? 우리는 분단과 함께 전쟁, 비무장지대, 도발, 핵개발 등등의 언어에서 긴장과 공포라는 기의를 느끼고 살았다. 이제 너무 지겹다. 언제까지 양쪽의 국민들을 대상으로 분단의 공포를 떠올리게 할 것인가? 평화가 그리운데, 나는 그 평화를 경험해보지 못한 것 같다.

돌아가는 길에 교동도에 들렀다. 강화도와 달리 섬 전체가 민통선 지역이다. 포구에서 어부들에게 생선을 몇 마리 사서 회를 쳤다. 소주에 안주 삼아 먹으며 지인들과 이러저런 이야기를 나누다보니 한 노파의 뒷모습이 눈에 들어온다. 오래전부터 무엇인가를 기다리는 삶이었다. 하지만 기다린 배는 만선은커녕 그저 몇 바구니 새우에 황복 한 마리, 자잘한 농어 몇 마리뿐이다. 어찌 저 노파의 삶만 그러하겠나? 내 삶 우리 삶 모두 그러하지 않았나? 오늘따라 오지 않을 것 같은 미래에 쓸쓸하다.

NLL이 만든 한반도의 화약고. 휴전 후 북한의 최초 지상 공격이었다는
연평도의 불길이 잦아들고 뱃길이 열리자 카메라와 배낭을 메고
떠났다. 민다나오 섬의 무슬림 게릴라를 취재하고 동티모르 내전 취재도
참가해봤지만 내 나라에서 이런 취재를 하게 될 줄 몰랐다. 불안한 평화에
너무 익숙해졌던 탓일까? 연평도로 가는 길은 그리 수월치 않았다. 초기
모든 취재진의 진입을 막았고, 다음은 날씨가 발을 묶었다. 인천 연안부두
여객터미널에는 내·외신 취재기자, 구호단체, 군경 들로 가득했다. 그냥
모여 있는 것 자체가 취재거리였다.

휴전 이래 최초 지상 공격, 두 시간 만에 도착한 소연평도. 잠깐
기항하고 대연평도로 가던 중 북쪽에서 포 소리가 났다며 배는 인천으로
회항했다. 기자들은 갑판으로 몰려나가 가보지도 못하고 마지막이 될지
모를 취재를 위해 대연평도를 배경으로 소란스럽게 카메라를 돌렸다.
하지만 가고자 하는 사람들과 나오고자 하는 사람의 요구가 거셌는지 배는
다시 대연평도로 향했다.

도착하자마자 대연평도가 한눈에 보인다는 수협 건물을 찾았다.
포탄이 떨어져 창문이란 창문은 모조리 날아간 수협 건물에 올라
대연평도를 봤다. 신문 사진을 통해 봤던 불바다 연평도는 아니다.
이미지는 사람의 편견을 지배한다. 그렇다면 불바다는 어디였는지를
찾아가봐야 했다. 건물에서 내려와 읍내 중심가로 발길을 옮겼다.
'멸공'의 노란 띠를 견착한 해병대가 마을을 순찰한다. 주민도 없고 적도
없는 곳을 그저 돌아다닌다. 하지만 그들의 뒤로 나타난 읍내 중심부는
폐허였다. 이건 오래전 동티모르에서 봤던 그 초토화된 마을이었다.
충격이었다. 정말 전쟁터였다.

포탄은 산을 넘어와 섬의 서쪽부터 동쪽으로 일(一)자를 형성하며
착탄했다. 분명 경찰서 등의 관공서 건물을 노렸겠지만 약 30미터씩
빗겨나갔다. 위협 사격이 아닌 진짜 공격이었던 것이다. 물론 주민들이
대피할 시간을 벌어준 흔적이 있지만 결국 민간인 두 명이 사망하고
말았다. 처참한 파괴의 흔적들을 찍는 동안 경찰과 소방대원들은 파괴된
건물을 돌며 피해 상황을 조사한다. 하지만 정작 건물 주인들은 없다. 모두

인천으로 피난을 간 것이다. 포탄의 위력에 지붕은 날아가고 벽은 무너지고 화재로 물건들은 전소됐다. 뻥 뚫린 벽을 보며 망연자실했다. 이 정도 위력이라면 사람은 어찌 됐을까? 새삼 전쟁의 공포가 떠오른다.

건물 안에 들어가봤다. 아슬아슬하게 무너진 건물 사이를 이리저리 헤치고 다니다보니 하얗게 타버린 잿더미들이 보인다. 가구나 전자제품은 새로 사면 되지만, 누군가에게 소중한 기록이었을 책들과 노트가 하얀 재가 되어버렸다. 추억은 사라지고 기억은 공포로 지워진다. 전쟁의 피해는 물질에만 있는 것이 아니다. 건물 안 작은 방에 들어가니 순간 누군가 텔레비전을 보고 있었을 것 같은 데자뷰를 느낀다. 아마도 몸을 피해 대피소로 갔을 때만 해도 이 집으로 포탄이 날아오리라는 상상도 하지 못했을 것이다. 일상은 공포로 변하고 다시는 이 집으로 돌아오기 싫었을 것이다. 지금 인천에 있을 어떤 분의 심정이 그리했을 것이라 생각해본다.

건물을 빠져나와 거리를 본다. 해질녘 거리에는 주인 잃은 유모차가 텅 빈 도로 위를 어슬렁거린다. 때론 바람에 때론 지나는 군경의 손에 이리저리 자리를 옮긴다. 연평도 주민의 일상은 북한이 난데없이 쏘아올린 포탄에 갈가리 찢기고 말았다. 우리의 평화는 이렇게 위태로운 것이었다. 거리를 걷다보니 횟집의 빈 수조가 눈에 들어온다. 포탄의 파편에 수조가 깨지고 물이 빠져 물고기들이 떼죽음을 당했다. 역시 사람만 죽은 것은 아니다. 개도 죽고, 물고기도 죽고, 농작물도 죽어간다. 인천으로 주민들이 떠나자 개들은 주인을 잃고 거리를 떠돌다가 서로를 물어 죽인다. 이미 충분히 배가 고프다. 섬마을 횟집의 물고기들은 물이 말라 죽는다. 돌보는 이 없는 농작물들은 잡초들이 죽일 것이다. 전쟁은 사람이 하지만 그 결과는 모두가 공유한다. 점방의 비닐 장막 안쪽으로 쌓여 있는 굴을 보고는 발걸음을 멈추어 한참을 바라봤다. 바다에서 따온 굴을 정리하고 있었을 할머니의 모습이 떠오른다. 그런데 작업을 멈추고 다시는 이곳으로 돌아오지 못하고 있는 것이다. 정지된 시간을 다시 정지된 사진에 간신히 담았다.

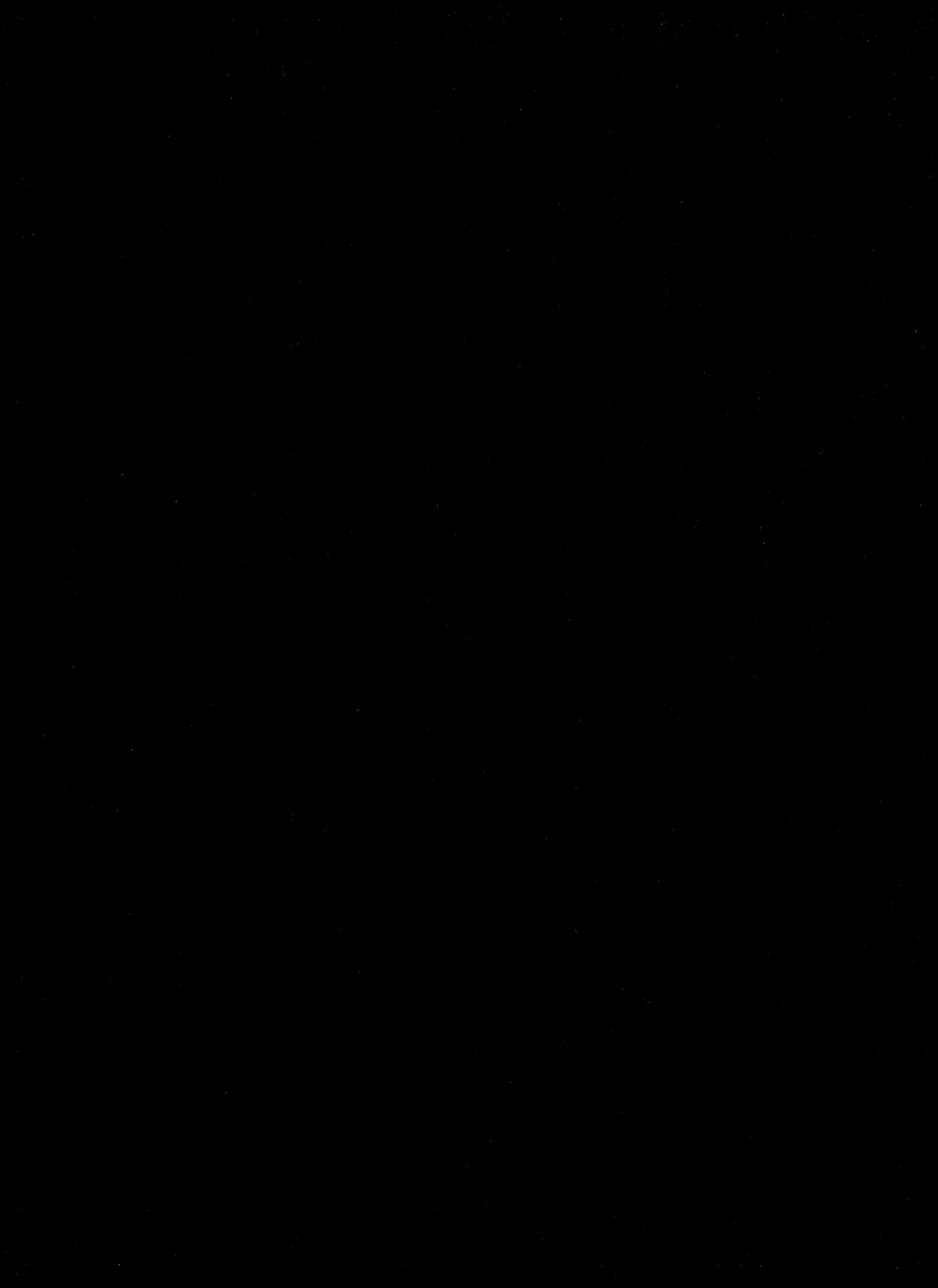

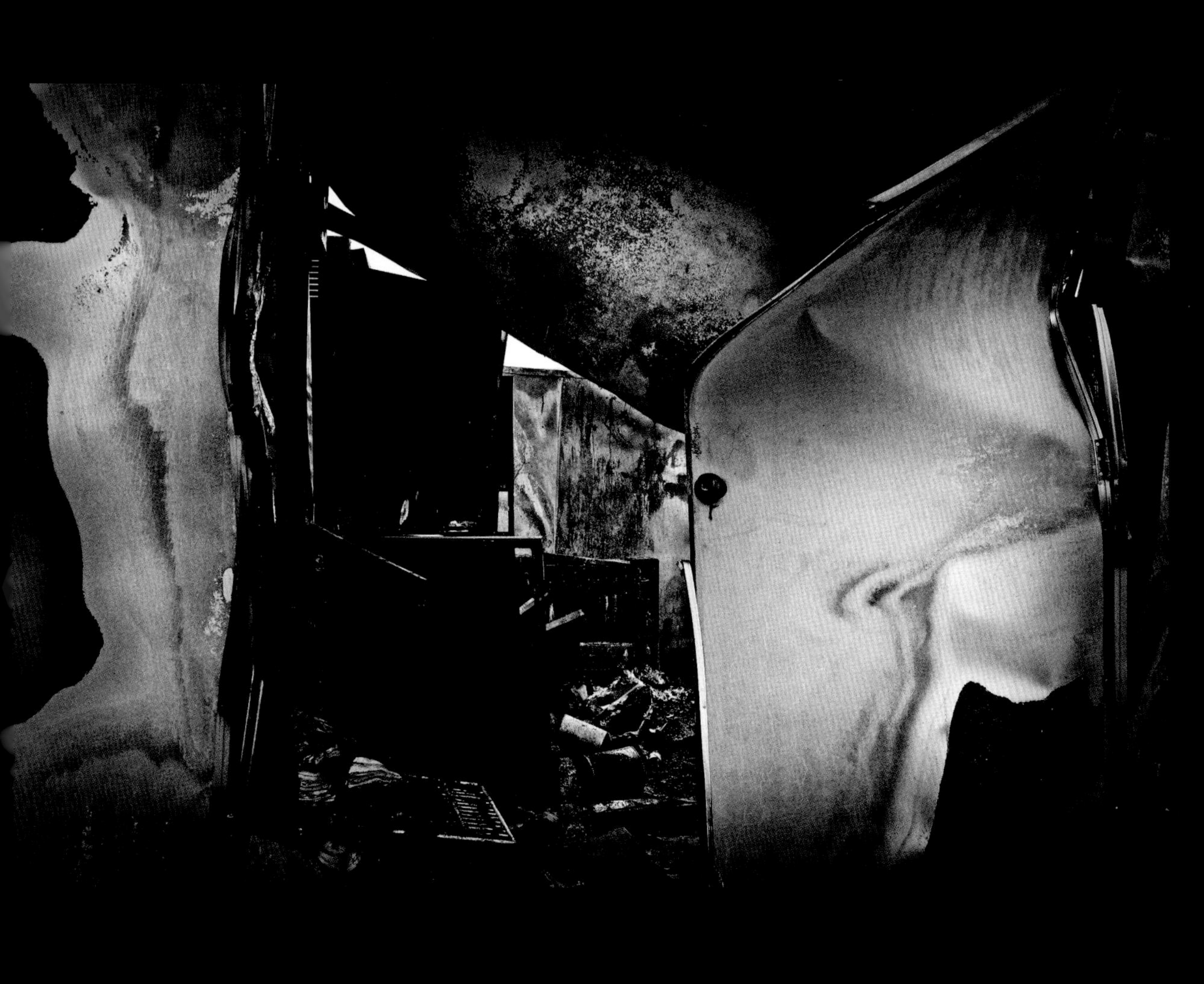

이곳에 오기 전에 ‹뱅뱅클럽›이라는 영화를 봤다. 심장이 떨렸다. 사실 작년부터 사진판에서 돌던 영화인데, 일부러 보지 않았다. 나를 자극할 것이 분명하기 때문이었다. 하지만 많은 친구들이 소회를 올리는 것을 보고는 결국 보고 말았다. 남아프리카공화국의 아파르트헤이트와 수단의 기아 참상을 배경으로 네 명의 현장 포토저널리스트들의 이야기를 담은 이 영화는 사실에 기반을 두었고, 현장의 느낌을 잘 살렸다. 게다가 ‹독수리와 소녀› 사진으로 퓰리처상을 받은 케빈 카터가 자살한 이유도 잘 보여준다. 나 역시 1990년대 분쟁 사진가를 꿈꿨고, 실제 분쟁 지역을 취재했다. 필리핀 무슬림 반군을 취재하고 동티모르 독립 현장을 갔다. 하지만 그 길은 내 길이 아니었다. 처음에는 그것이 부끄러웠다. 내가 용기가 없어서이거나 쟁쟁한 그들과 경쟁할 자신이 없어서는 아닐까 하고. 하지만 그렇지 않았다. 내가 정말 두려운 것은 그 고통의 현장에서 살아가는 사람들이었다. 그리고 나는 그 고통의 에스컬레이터를 타고 올라 스스로 피폐해질까 두려웠다. 사실 영화의 청년들처럼 그런 고통의 현장에 나이 먹어 뛰어다니기는 힘들다. 동정 없는 세상에 무감할 수 없다. 하지만 누군가는 현장을 목격해야 한다. 총알 대신 아드레날린 탄환을 맞아가며 오늘도 그 고통의 현장을 찍고 있는 젊은 사진가들이 있을 것이다. 오랜만에 연평도라는 분쟁 지역에 오니 더욱 그 세월이 힘들게 느껴진다.

방송용 카메라를 맨 기자들이 분주히 폭격 현장을 오간다. 국내 언론뿐 아니라 영미권과 유럽권의 기자까지 몰려들어 제각각 이 상황을 해석하고 날려보낸다. 저녁이면 면사무소에 사람들이 모여들어 그들이 만든 뉴스를 본다. 연평도에 있는 공무원과 주민, 군경, 기자 들이 뉴스를 통해 연평도 소식을 듣는다. 정보는 흩어져 있고 서로 이야기하지 않는다. 위기감에 떠는 연평도를 긴박한 목소리로 전하는 앵커의 이야기에 어떤 이는 웃는다. 사실 그렇게 위기감에 몸을 떠는 이는 정작 이곳에 없다. 상업 방송은 위기를 부추기고 안보는 상품이 된다. 서울에서 전화가 온다. 괜찮으냐고. 연평도와 서울은 멀다.

포탄 몇 발에 이러할진대, 전쟁을 각오하고 사흘만 참자고 하는 이들이 있다. 전쟁 개시 15분 만에 수만 발의 포탄이 떨어진다. 그런데 군 면제 정치인들은 야상을 입고 연평도를 돌아다니며 포탄인지 보온병인지도 구별 못하고 한껏 확전의 분위기를 고취시킨다. 서울에서는 우익단체 회원들이 도심에서 전쟁을 부르짖는다. 전쟁이 마치 인류의 피할 수 없는 숙명인 양 고상한 말로 치장하는 지식인들의 글이 지면에 넘친다. 확전을 주장하고 우리 안의 적을 색출하자는 사람들에게 전쟁은 마치 게임인 듯하다.

그나마 인천에서 배가 들어오는 날 작은 감동이 있었다. 연평도에서 공중보건의로 일하는 스물여섯 살의 청년은 아들을 찾아 이 위험한 섬으로 들어온 부모님들에게 감격하고 말았다. 하지만 다시 일상으로 돌아간 터미널은 검문검색이 강화되고 포탄 잔해물 반출에 민감하게 반응하고 있다. 이 섬은 고립됐다. 그리고 NLL과 군사분계선 사이에서 고립된 연평도와 육지는 소통하지 못한 채 각자 스스로 판단하고 행동하고 있다. 연평도나 우리 사회나 매한가지다. 우리는 이제 독재국가일까? 우리는 한때 민주주의라는 다양성의 인정과 합의를 전제한 사회를 건설했다. 하지만 우리들은 전보다 대북 문제에 대한 정확하고 솔직한 정보를 들을 수 없게 됐다. 무엇이 평화를 위태롭게 했는지 알아야하는데 불통이다. 그것이 소통 부재로부터 오는 전쟁이라는 공포에 직면해 있는 이유다.

›

영화 ‹우리 생애 최고의 순간›(우생순)의 임순례 감독과 연평도에 갔다. ‹소와 함께 여행하는 법›도 동물이 주인공이었던 것처럼 임 감독의 동물 사랑은 남다르다. 최근에는 동물보호시민단체 '카라'의 대표를 맡고 있기도 하다. 가끔 일 때문에 얼굴 정도만 익힌 사이인데, 얼마 전 우연한 자리에서 연평도 사태가 화제에 올랐고 그곳에 남겨진 동물 사진으로 평화를 이야기하는 사진전을 해보기로 의기투합했다.

겨울철 서해의 파도는 갈피를 잡기 힘들다. 툭하면 결항이었다. 며칠을 대기해서 겨우 배에 오를 수 있었다. 몇몇의 주민, 근무하러 들어가는 해병대원, 경찰 들이 배를 3분의 1쯤 채우고 있었다. 미리 준비한 고단백 동물 사료를 싣고 들어갔다. 거리에서 처음 만난 개들에게 간식을 나눠준다. 골목골목에서 개를 만난다. 주인 없는 개들이 대부분이다. 아니 주인은 있었는데 지금은 없는 것이다. 그나마 묶여 있지 않은 개들은 먹을 것을 찾아 돌아다니지만 충분히 배가 고픈 상태들이다. 하지만 전쟁 통에도 생명은 태어난다. 주인도 없는 집에서 새로 태어난 강아지를 안아주는 임순례 감독.

정말 개를 좋아하시는군요. 개가 감독님 얼굴을 그렇게 핥으니…
아마도 이 사태가 끝날 쯤이면 연평도에 개가 엄청 늘어날 겁니다.
왜죠? 이 북새통인데?
지금처럼 돌아다니다가 눈 맞아서 새끼를 갖는 개들이 많거든요.

개를 찾아 돌아다니다가 포격 당한 읍내에서 일순간 당혹한다. 생각보다 처참하기 때문이다. 사람은 공포로 떠났지만 동물들은 여전히 남아 있다. 집집마다 골목마다 있다. 집집마다 묶여 있던 개들은 폭격 당시부터 쫄쫄 굶고 있었다. 사람도 죽겠는 판에 개가 무슨 대수냐는 생각

때문이다. 하지만 이후 동물 생명도 중요하다는 여론 때문에 옹진군에서는 개 사료를 구입해 마을을 돌며 나눠줬다고 한다. 하지만 질 낮은 사료에다 그것도 인력 부족으로 제때 주지 않아 동물들은 허기와 목마름에 지쳐 있었다. 섬 곳곳에는 작은 개 농장들이 있었다. 버려진 백구, 황구 들이 굶고 있다. 마을 앞 공터에 집 잃은 개들을 한 곳에 모아놓았다. 스무 마리 가까운 개들이 엄동설한 바다 바람을 맞으며 방치되어 있다. 그나마 관리할 수 없어 조만간 보호시설로 옮겨져 분양되거나 안락사될 것이다.

돌아보니 어떠세요?
뭐, 무섭네요. 전쟁이란 거.
그래도 동물만 눈에 보시는 것 같은데요.
연평도의 평화는 사람만이 아니라 동물에게도 중요합니다.
어떤 면에서 그런가요?
우리의 평화는 작은 곳에서부터 출발해야 하는 것 아닌가요?

맞는 말이다. 우리는 당장 눈에 보이는 가치에 연연한다. 동물보다 사람이 중요하고, 굶는 북한 주민보다 우리 경제가 중요하고, 저기 죽어가는 지구촌의 아이들보다 우리 아이 쇠고기가 더 걱정이다. 우리의 상식은 아직도 조야하다. 이제 배를 타러 돌아가는 우리 뒤로 어린 개 한 마리가 따라온다. "아줌마, 가지 마!" 또는 "언제 다시 올 거야?"라고 묻는 듯하다. 뒤돌아보는 임순례 감독의 얼굴은 어찌 읽힐까.

임순례
영화감독이다. 1985년에 한양대학교 영어영문과를 졸업하고, 1992년에 프랑스의 파리 제8대학교에서 영화학 학사학위를 받았다. 작품으로 ‹세 친구›, ‹와이키키 브라더스›, ‹우리 생애 최고의 순간›, ‹소와 함께 여행하는 법›, ‹남쪽으로 튀어›, ‹제보자› 등이 있다. 동물보호단체 '카라'의 대표이기도 하다.

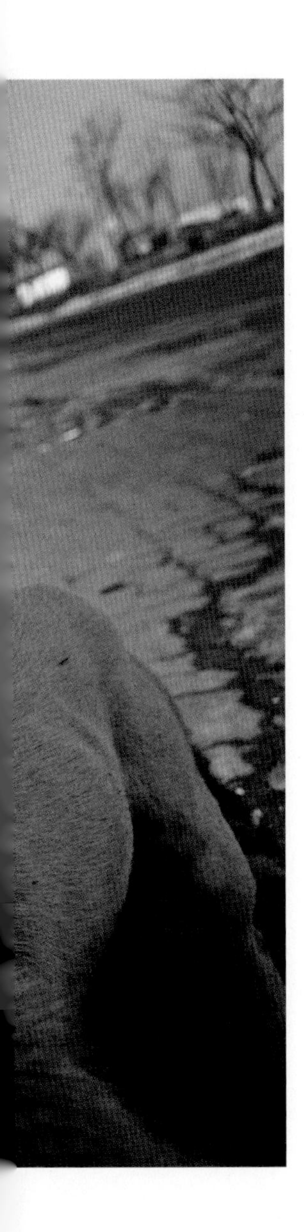

백령도 '64용사위령탑' 앞에서

›

비무장지대는 북위 38도선을 오르락내리락 하면서 강화도 교동도에서 고성까지 이어져 있다. 그런데 이 휴전선이 바다에서 이상하게 꼬인 곳이 있다. 통칭 서해 5도라 불리는 백령도, 연평도, 대청도, 소청도, 우도다. 이 섬들은 원래 황해도 장연군, 벽성군에 속했는데 해방과 전쟁을 거치면서 남측이 점령하면서 해상 북방한계선인 NLL 안에 놓이게 됐다. 그런데 국제연합(UN) 측과 북한 측이 협의한 것이 아니라 일방적으로 그어놓은 선이라 지금도 문제가 되고 있다. 남에서는 북의 코앞에서 공격할 수 있는 유리한 거점이고, 북에서는 무력화해야 할 남쪽 1순위 공격 지점인 것이다. 이러 하니 연평해전, 연평도 포격 사건, 천안함 침몰 사건 등 남북 간 분쟁이 끊이질 않는다.

나의 서해 5도 첫 방문은 연평도였다. 이제는 올라오지도 않는 조기를 취재하러 간 것이다. 조기의 신으로 모셔지는 임경업 장군의 사당과 그를 모시는 만신이 주관하는 띠뱃놀이를 취재하기 위해서였다. 두 번째 방문도 역시 연평도였다. 하지만 이번에는 북한의 폭격으로 주민 하나 없는 연평도에서 무너진 집들과 집 잃은 개들만 찍었다. 임순례 감독과 함께 떠돌이 개를 돌보는 것이 사진 찍는 일보다 중요했다. 세번째는 방문은 꽃게 때문이었다. 그런데 연평 꽃게의 국적은 세 개였다. 중국 어선이 연평도에서 북쪽으로 1.7킬로미터 떨어진 NLL을 교묘하게 따라 내려와 조업하고 있었다. 정전 협정과 무관하고 국제법상으로도 실효성 없는 NLL이 만들어낸 공해(公海) 때문이다.

올해 꽃게 많이 잡히나요?
잡히긴 중국 놈들 몰려와서 어장
작살내고 있는데.
그래도 이렇게 많이 건지셨는데?
그건 우리가 목숨 걸고 그놈들 하고 싸워
그런 거여. 해경 놈들은 꼼짝도 안 해.

주민들 이야기로는 많을 때 100여 척 이상 "새카맣게 몰려온다"고 한다. 북쪽 어민들의 이야기는 들은 바 없지만 연평 어민들의 분노는 대단하다. 연평도에서 북쪽 해주가 빤히 보이는 이 바다에서 꽃게를 두고 남북은 바라만 보고 중국 어선이 싹쓸이해가고 있다. 최소한 통일 시점까지 서해 5도 주변을 연안 수역으로, 나머지 수역을 남북의 '꽃게잡이 공동어로수역'으로 지정하는 방안을 추진해야 한다는 목소리가 높다. 그리하면 꽃게에게 중국 국적까지 부여할 일은 없을 것이다. 꽃게, 너무 비싸다. 그래서 그물에서 꽃게 따는 하루 일당이 10만 원이었다. 네 번째 방문은 백령도였다. 인천아트플랫폼의 입주 작가들과 함께했다. 말로는 내가 그들의 멘토가 되어 서해 5도를 설명하라는 것인데, 사실 작가 중에는 인천 출신도 있고 나보다 나이 많은 사람도 있다. 애당초 멘토는 어울리지도 않고, 나 역시 이곳을 공부하고 기록하는 학생이나 마찬가지다. 아니나 다를까? 내 공부만큼이나 백령도는 우리 앞에 안개의 장막을 치고는 어지간해서 그 실체를 내보이지 않는다. 한여름인데도 날씨가 선선한 것을 보면 북쪽으로 꽤 올라왔다는 생각마저 든다.

심청각에 올라 오른쪽 황해도 장산과 왼쪽의 망망대해를 본다. 그리고 천안함, 모두가 말이 없었다. 천안함 사건이 발생한 지 5년이 지났지만

여전히 미궁이다. 재판에서 속속 드러나는 것은 어뢰에 의한 침몰이 아닐 수 있다는 증거들이다. 지금까지 이 사건은 북한 잠수함의 어뢰 공격을 받아 천안함이 침몰한 것으로 잠정 조사됐다. 정부와 군은 이것이 진실인 것처럼 국민들에게 홍보했다. 아이러니한 것은 적군에 배가 침몰당했는데도 누구 하나 처벌받거나 징계되지 않았다는 것이다. 그래서 일각에서는 천안함의 침몰이 좌초이거나 남측의 기획일 것이라고도 한다. 천안함이 침몰한 백령도 앞바다 벼랑에 '64용사위령탑'이 있다. 죽은 자들도 말이 없고, 살아 있는 자들 역시 말이 없다. 모두가 '대통령의 사람들'일지라도 진실은 결국 작은 틈새로부터 비집고 나온다. 초여름인데도 백령도 바닷바람은 찼다. 삶과 죽음의 변경, 백령도. 함께 여행하고 있는 미술가 이수영 씨가 사신으로 분장하고 백령도 곳곳을 돌아다닌다. 아직도 법정에서 진실 공방을 하고 있는 천안함 사건, 그 결과에 상관없이 서해 5도는 분쟁 지역이 되고 있다. 그래서 '인천아트플랫폼'의 작가들이 백령도에 거주하며 창작을 할 수 있는 집이 마련됐다. 조만간 외국인들도 입주할 예정이다. 그리하면 결코 이곳에 누구도 폭격할 수 없을 것이다. 예술가들이 스스로 인간 방패가 되는 것이다. 평화는 그렇게 누군가의 용기가 필요하다. 그리하여 얻는 평화는 섬 전체로 서해 5도로, 한반도 전체로 퍼져나갈 것이다.

남쪽 변경, 제주에서

›

제주도. 버스 안이다. 가는 길에 비가 내렸다. 창밖의 저 낯섦으로 섬 사람들의 육지인에 대한 경계를 이해한다. 북쪽 변경인 DMZ와 민통선을 떠돌다가 이번에는 가장 남쪽 변경인 제주도다. 강정마을. 줄줄 비오는 강정에서 다르게 보기 위해 무던히 노력했다. 언론 매체에서, SNS에서 늘 보던 강정의 이미지가 아니라 일상의 강정을. 그리고 불편한 강정을. 평화를 위협하는 그 불안의 뿌리를. 역시 이럴 때는 풍경에도 불온한 시각이 필요하다.

> "사진가는 사물의 사실(팩트)에 규정되며, 이 사실들로 하여금 진실을 말하게 해야 한다는 것이 고뇌스러운 과제였다."
>
> (존 사쿠우스키, 『사진가의 눈』 서문 중에서)

스튜디오에서든 야외에서든 연출하고 찍지 않는 내 사진의 어려움이다. 직관으로 찍은 사진이 완벽한 구조와 언어를 함축할 수 있을까? 그 한계를 익히 알고 있지만 사진을 선택하고 편집할 때 느끼는 어쩔 수 없는 괴로움이다. 강정천으로 갔다. 화산암 위를 수천만 년 흘러 이런 모습이 됐다. 이것이 끝이 아닌데, 졸지에 끝장날 것인가? 참으로 대단한 인간이고, 대단한 군이고, 대단한 정권이다. 그리고 올레길. 해군기지 공사장 입구에서 강정천을 따라가는 올레길이 있다. 하지만 지금은 경찰이 따라 붙는다. 그 올레길에 해군과 시공자들이 두른 높은 가림막이 서 있다. 재개발지구와 다른 점은 감시 카메라와 가시철조망까지 쳐져 있다는 것이다. 올레길 7코스 감시 카메라…. 2012년에 올레 1코스에서 비극적인 살인사건이 일어났다. 그러고는 그 허허로운 자연의 길에 감시 카메라가 없다고 여론은 난리였다. 감시가 일상인 경찰의 주장을 그대로 받아들이는 사람들은 과연 감시 카메라가 안전을 보장할 것이라 생각하는 것일까? 어느 사이 감시 받는 편안함에 젖어버렸다. 강정 해군기지 건설을 핑계로 곳곳이 감시 카메라이고 강정천 가는 길은 친절하게 경찰이 일대일로 따라 다닌다. 그 시선 앞에서 올레길이 편안한가 모르겠다.

사실 이 공사에 반대하는 자연인이자 직업 사진가로서 현장을 보는 것은 꽤 괴로운 일이다. 동북아의 평화와 거리가 먼 이 자연 파괴도 괴로운데, 이미 많은 사진가들이 거의 보여줄 사진은 다 보여주었기 때문이다. 하지만 달리 생각하면 평화가 멀듯이 사진의 이야기도 무궁무진할 수 있다. 내가 지난 수 년간 작업한 것은 이 땅의 파괴와 소외였다. 그 소재 중 하나가 가림막이다. 무언가를 은폐하고 음모를 꾸미기 위해 쳐놓은 것이 가림막이다. 우리는 재개발지구에서, 4대강에서 무수히 그 가림막을 보았다. 그리고 여기 제주도 강정에서도 또 본다. 기계적으로 올레길을 찾는 이들도 이 가림막을 통과해야 한다. 그리고 무언가를 느낄 것이다. 이곳에 기지가 필요한지, 쓸데없는 파괴는 아닌지. 제주도가 동북아 분쟁의 전초기지인지, 평화의 섬인지는 결국 우리가 판단해야 한다. 한때 해군은 해적이라 비난받았다. 그 발언에 갑론을박도 있었지만 내 생각에 해적 명칭은 그르지 않다. 본질이 그러하다는 것이다. 해적의 본질은 교환이 아니라 강탈이다. 지금 해군은 강정을 강탈해서 대중국 전초기지로 미국에 상납하려 하고 있다. 이것이 엄혹한 현실이다. 해적이라는 언어의 뉘앙스에 분노할 수도 있겠지만 해군이나 해적이나 강탈이라는 입장에서는 손바닥 뒤집는 차이밖에 없었다. 그 옛날 영국 해군이 카리브 연안에서 한 행위는 왕에 의해 공인된 해적에 다름 아니었다. 정부의 말만 믿고 제주도 강정에서 벌이는 해군의 행위가 해적과 다르다고 누가 자신 있게 말할 수 있나? 게다가 이 해군기지를 두고 이어도를 포함해 중국과 영해 분쟁까지 노리는 세력들이 있다. 심상정 대표의 "이어도는 영해가 아니다"라는 발언은 사실 논쟁거리도 안 된다. 이어도는 암초일 뿐 영토, 영해의 대상이 아니다. 그것이 대한민국 정부의 입장이고 심상정 대표는 더 나가지도 않았다. 그걸 시비 걸겠다는 우익들은 북한이 백두산을 절반 떼서 중국에 줬다고 한다. 역사에 무지하면 현실을 보는 눈도 맹안이다. 조선은 세종 때부터 백두산에 관심이 없었다. 우리 산이라는 관점도 없었다. 1712년 정계할 당시 백두산 남쪽 10여 리를 분수령으로 보고 정계비를 세웠다. 왜냐하면 조선인들은 백두산을 여진족(후에 만주족)의 중심지로 생각했기 때문이다. 백두산은 500년 동안, 청나라와 만주국이 소멸하기까지 우리 영토 안에 들어온 적이 없다. 하지만 고구려 이전 시기부터 백두산은 우리 민족과 매우 밀접해, 북한은 해방 후 중국 공산당과 협상으로 오히려 천지 반쪽을 얻어낸 것이다. 여기에는 주은래의 양보도 있었다. 그런데 북한이 백두산 반쪽을 헌납했다고? 영토 이야기만 나오면 모두 극우가 되는 것은 옆 나라 일본이나 중국만이 아니다. 우리를 돌아보자. 무엇인가 신성불가침의 가치가 있다고 생각하는 순간 우리는 바보가 된다.

길을 걷다 보니 빗줄기에 힘없이 꽃잎이 떨어졌다. 동백도, 벚꽃도. 매일 들려오는 바다 건너 소식에 가슴이 미어졌다. 일도 안 되고 기운마저 빠졌다. 무기력하면 지는 건데. 또 미어지고 무기력해진다. 걷다보니 구럼비 앞 바다다. 범섬이 코앞에 있다. 구럼비바위는 길이 1.2킬로미터, 너비 150미터에 달하는 보기 드문 거대한 단일 용암 너럭바위로, 용천수가 솟아나 국내 유일의 바위 습지를 형성하고 있다. 이 위에 해군기지가 세워지고 있다. 이 공사를 강행하는 정부와 군의 입장은 이 바위가 보존 가치가 없다는 것이다. 해안에서 범섬까지는 육안으로도 코앞이다. 즉 생태계는 인간이 만든 수치에 따라 죽었다 살았다 한다. 비 내리고 파도가 친다. 무척이나 우울하다.

철조망이 친 구럼비 풍경을 봤다. 구럼비바위를 중심으로 해군기지 공사가 벌어지고 있는 전역을 가림막과 펜스, 가시철조망으로 둘러쳤다. 구럼비는 '까마귀 쪽나무'를 뜻하는 제주어다. 그래서 이를 일반명사화 하는 이들이 있다. 하지만 구럼비해안, 구럼비바위는 제주 해군기지 건설 부지인 서귀포시 강정동에 있는 지형이자 지명의 이름이다. 즉 지역의 고유명사인 것이다. 이를 굳이 일반명사라 하는 것은 정치적인 의도다. 제주도 해안의 일반적인 바윗덩어리이니 별로 가치 없다고 하고 싶은 것이다. 이 제주도 해안에 군사 기지가 만들어지는 이유가 미국의 중국 견제용이라는 사실을 이제는 누구나 안다. 안보를 지키는 것이 아니라 위태롭게 하는 것이다. 게다가 제주도 주민과 환경 생태마저 위협한다. 구럼비가 "가치 없다"고 이야기하는 오만은 풍경에 대한 예의가 아니다. 오래전 양자역학의 성지 코펜하겐학파의 두 사람,

---

구럼비바위
지난 2012년 3월 7일. 해군은 제주 해군기지 건설 반대 투쟁의 상징이었던 구럼비바위를 폭파했다. 당시 전국적으로 폭파 중단 요구가 잇따랐지만 결국 해군은 서귀포시 강정동 해군기지 공사현장 케이슨 제작장 서쪽 일대 구럼비바위 폭파를 강행했다.

닐스 보어와 하이젠베르크는 프랑크푸르트에 있는 크론베르크 성을 방문해 이런 대화를 나눴다.

> "햄릿이 여기 살았다는 상상으로 이 성이 어떻게 변하는가 하는 것이 이상하지 않은가? 과학자로서 우리는 성이 오직 돌만으로 구성돼 있다고 믿으며 건축가가 그것을 쌓아 올린 방법을 존경하네. 돌, 고색창연한 초록색 지붕, 교회 안의 작은 나무 조각들. 이런 것이 성 전체를 구성하고 있네. 이런 것들은 아무것도 여기 햄릿이 살았다는 사실에 의해 변화하면 안 되네. 하지만 완전히 변해 버렸네. 갑자기 벽과 성벽들이 서로 다른 언어로 이야기하는 것 같네. 하지만 우리가 햄릿에 관해 실제로 아는 것은 그의 이름이 13세기 연대기에 잠깐 나타난다는 것뿐이네. 그러나 누구나 셰익스피어로 하여금 햄릿이 묻게 한 질문, 그가 드러내 보이도록 한 인간의 깊이에 관해 알고 있네. 그러니 그도 또한 이곳 크론베르크에 있는 지구상의 한 자리를 차지해야 될 것 같네."

셰익스피어는 미지의 공간이었던 크론베르크를 햄릿의 장소로 만들었다. 우리에게 들어와 하나의 의미가 될 때, 공간은 장소가 된다. 강정이라는 공간이, 구럼비라는 공간이 어떤 장소가 됐는지 돌이켜 봐야 한다. 기지촌으로 변한 강정마을에서 그 옛날 구럼비 전설을 떠올리기는 난망한 일이다.

사진가의 고독도 매뉴얼이 있다. 그중 하나가 깊은 밤 빗줄기 젖은 도로에 반사되는 불빛이다. 그 외로움이 사진가를 만든다. 들뜨고 대접 받은 사진가는 작업의 종점에 서 있다. 그래서 몰래 뒷문으로 나와 저 어두운 타인의 세상으로 떠난다. 남들은 안쓰러워 하지만 사진가들은 은밀한 욕망을 느낀다. 그래야 존재하니까. 어두운 저 도로 너머 희미한 불빛을 바라보며 책을 읽다 잠든다.

발터 벤야민의 『기계복제 시대의 예술작품』을 읽으며 ‘*S*=*k*log *W*’를 생각했다. 100년 전 물리학자 루트비히 볼츠만의 엔트로피 공식이다. 이 생각은 만물이 원자로 이루어져야만 가능했고 당시는 증명이 불가능했다. 하지만 그가 자살하기 1년 전인 1905년 아인슈타인이 브라운 운동으로 원자의 존재를 증명했다. 다만 이 청년 물리학자의 논증을 보지 못했지만 볼츠만은 원자의 존재뿐 아니라 에너지도 원자로 환원될 수 있다는 양자역학의 단서를 제공했다. 내가 벤야민을 읽다가 볼츠만을 떠올린 것은 ‘아우라’ 때문이다. 정렬된 점에서 무질서하게 확산하는 엔트로피와 시간의 화살, 존재했다 사라지는 양자의 성질은 ‘아우라’와 닮아 있다. 벤야민은 분명 20세기 초 양자물리학의 기본 원리를 알고 있었을 것 같다.

아우라는 벤야민의 전매특허다. 벤야민의 1932년 소논문인 「사진의 작은 역사」에서 “사진은 어쩌면 우리가 생각하는 이상의 기여를 한다”고 했다. 그것은 “회화에 대해서 사진이 갖는 의심스러운 존재 이유의 정당성이 아무런 의미가 없음”을 갈파한 것이다. 회화 같은 오리지널 작품에 존재하는 아우라는 사진에 필요 없다는 뜻이다. 벤야민은 사진을 그림처럼 찍거나 꾸미거나 해서 거기에 ‘아우라’를 다시 불어넣으려는

발터 벤야민
유대계 독일인으로 마르크스주의자이자 문학평론가이며 철학자이다. 게르숌 숄렘의 유대교 신비주의와 베르톨트 브레히트로부터 마르크시즘의 영향을 크게 받았으며 또한 비판이론의 프랑크푸르트학파와도 관련이 있다. 나치를 피해 스페인 국경까지 도착했지만 국경이 막혀 압송될 처지에 놓이자 말 한 마리 죽일 분량의 모르핀으로 자살했다.

시도는 준 종교적인 맹목주의라 했다. 하지만 20세기 사진은 미술과 이별했는데, 100년 후 21세기 사진은 다시 사진 안에 아우라를 넣기 위해 그림처럼 찍고 꾸미며 오직 하나뿐인 오리지널을 흉내 내기 위해 에디션을 줄여나간다. 현상은 보이는데 그 100년 전과 지금은 무엇이 다른지에 대한 해명이 별로 없다. 어쩌면 해명이 필요 없을지도 모른다. 그것은 예술 사진이 교환가치를 갖는 상업적인 물신주의의 하나라고 한 버나드 아델만의 지적에 대한 침묵이기 때문일지도 모른다. 하지만 아우라의 부여는 또 다른 표상을 예고한다.

"세상은 망할지라도 예술은 완성되리라"고 파시즘은 말했다. 이것은 '예술을 위한 예술'의 마지막 종착역임에 분명하다. 벤야민은 『기계복제 시대의 예술작품』 후기에서 히틀러와 나치를 혐오하며 "정치의 미학화에 대해 그 종점이 전쟁"이라고 간파했다. 저명한 나치 영화감독 레니 리펜슈탈의 나치 전당대회나 베를린올림픽 기록영화를 보면 그것은 정말 그렇다. 거대한 군중동원의 미학화는 내 기억에도 선명하다. 박정희 시절과 전두환을 거치면서 수없이 행해졌던 군중집회와 카드섹션. 아마도 그 정점은 88서울올림픽이었을 것이다. 이들에게 일상의 전쟁은 인민들과의 전쟁이었다. 집회와 시위를 탄압하고 시민군을 죽이고 인민을 감시하며 전쟁을 벌였다.

사진사가 버먼트 뉴홀은 「다큐멘터리에 관한 견해」라는 짧은 글의 말미에서 이렇게 이야기 한다. "필자가 생각하기에 다큐멘터리는 사진가뿐 아니라 보는 이의 의도와도 관련된 문제다. 이는 그 사진을 어떻게 촬영했는가 하는 것만큼 그 사진을 어떻게 사용하느냐 하는 문제도 포함된다는 뜻이다." 지고한 가치의 다큐는 없다. 창작자와 최종 독자 사이에 놓인 무수한 유통관계가 다큐 사진의 본질을 드러낸다. 밀양으로 내려가는 버스 안에서 잠결에 든 생각이다.

사진사에서 풍경 사진가로 이름을 남긴 여럿 중에 안셀 애덤스만큼 지속적인 존경과 찬사를 받은 이도 드물다. 풍경 사진의 관점과 대상에 대한 해석이 달라진 요즘도 그의 사진과 명성을 좇는 이들이 많은 것을 보면 그의 묵직한 유산을 한 번 더 되돌아보게 된다. 특히 국내에도 애덤스의 요세미티국립공원 풍경 사진은 아마추어 사진가들의 바이블 같이 읽히고, 그처럼 찍고 싶어 대형 카메라와 삼각대를 들고 지리산과

설악산을 오가는 이들을 본다. 하지만 그들이 모르는 것이 있다. 대형 카메라와 존 시스템에 의해 만들어진 사진을 보며 눈을 의심케 하는 계조와 해상도에만 감탄하지, 그가 요세미티를 국립공원으로 지정하게끔 노력한 존 뮤어의 이상을 사진으로 구현한 환경운동가라는 사실 말이다. 국립공원은 아니지만 나도 카메라를 메고 산을 오른다. 밀양 화악산이다.

깜깜한 새벽에 밀양에 도착했다. 터미널에서 우연히 만난 «한겨레» 김봉규 선배 덕에 밀양대책위 사무실을 찾을 수 있었다. 수 년째 끌어오던 싸움의 막판임을 직감한 것일까? 전국에서 사람들이 몰려들었다. 어두운 골목길에 모인 사람들의 얼굴은 보이지 않고 그들의 두런거림이 불길하다. 정말 폭력적으로 할머니들을 끌어내리려는 것일까?

어떻게 오셨어요.
이상엽이라고 합니다. 사진 찍습니다.
아 작가님이시군요. 사진 많이 봤습니다.
아, 작가는 아니구요. 그냥 기록합니다. 어떻게 현장으로 가실 거죠?
새벽이라 마땅한 교통편이 없습니다. 자가용 함께 타기도 하고 택시도 잡아야죠.
주로 어느 쪽으로 가실 건가요?
일단 129번 송전탑 부지로 가장 먼저 갈 것 같아요.
다들 이렇게 맨 몸으로 가실 건가요?
끝까지 저항하겠지만 비폭력적으로 가야죠.

밀양 화악산 기슭에 한전이 세우려는 송전탑 129번 부지가 있다. 경찰 2,000명이 집결한 평밭마을 입구에서부터 걸어 붉은 영산홍이 이제야 만개한 고지에 도착한 것은 아침 7시경. 서늘한 공기는 팽팽한 긴장의 기운이 돈다. 송전탑 건설에 반대해온 평밭 주민들이 건설 부지에 천막을 세우고 토굴에서는 할머니들이 쇠사슬을 감고 누워버렸다. 신부와 수녀들은 그 주변에서 서로서로 팔을 끼고 비장하게 농성장을 지킨다.

밀양 송전탑들은 부실공사로 말 많은 신고리 핵발전소 3호기에서

송출 예정인 전력을 실어나를 총 90.5킬로미터에 걸친, 초대형 765킬로볼트 송전탑 161기 중 69기다. 송전 선로가 이어지는 5개 시·군 중 가장 많다. 2007년 정부의 공사 승인 후 69개 송전탑 중에서 47기가 완성됐고 17기는 공사 중이다. 그리고 주민들의 반대로 착공하지 못한 5기의 공사를 위해 지금 대규모 경찰 병력을 동원해 강제로 쫓아내려 하는 것이다. 이렇게 무리수를 두는 이유는 여럿이다. 첫 번째로는 고리와 월성 등 핵발전소 여러 곳이 운영 수명을 훨씬 지나 극도로 위험해졌기 때문이다. 후쿠시마 원전 사고 이후 세계적으로 핵발전소의 위험성을 지적하는 소리도 높고 지역 주민들의 불안감으로 인해 지자체 역시 폐쇄 쪽으로 정책이 변화하고 있다. 모자라는 핵발전소를 시급해 대체해야 하는 입장인 것이다. 둘째 아랍에미리트연합(UAE)에 수출한 핵발전소가 고리를 모델로 하고 있어 정상 가동되지 않으면 위약금을 물어야 한다는 압박도 존재한다. 어느 경우든 오늘날 한국의 에너지 정책은 미래를 내다보기보다는 지금 가용한 기술과 자원으로 누군가의 희생을 딛고 시행되고 있는 것이다. 결국 최초 보상 문제에 대해 비열한 수법을 쓴 한전의 태도는 보수적이라는 밀양의 할머니, 할아버지를 '돈보다는 생명, 파괴보다는 평화'라는 구호를 외치는 환경운동가로 만들고 말았다.

아침 7시 30분. 경찰을 앞세운 한전의 행정 대집행이 시작됐다. 주변은 순식간에 아수라장이 되고 수녀와 환경 활동가 들은 경찰에 의해 강제로 들려나갔다. 토굴에서 쇠사슬로 몸을 엮고 있던 주민 할머니들은 절단기를 들이대는 남성 경찰들 앞에서 알몸을 드러내야 했다. 수백 명의 경찰들 워커 발에 붉디붉은 영산홍은 무참히 밟혀나갔다. 4년간 이어오던 주민들의 저항의 흔적이 지워지기까지 채 한 시간이 걸리지 않았다. 게다가 나는 경찰이 발급한 비표를 갖고 있지 않았다는 이유로 '알 권리, 알릴 권리'도 무시당한 채 현장에서 쫓겨나야 했다. 경찰에 의해 자행되는 이 무법천지가 고도 500미터 화악산 자락에서 벌어지고 있었다.

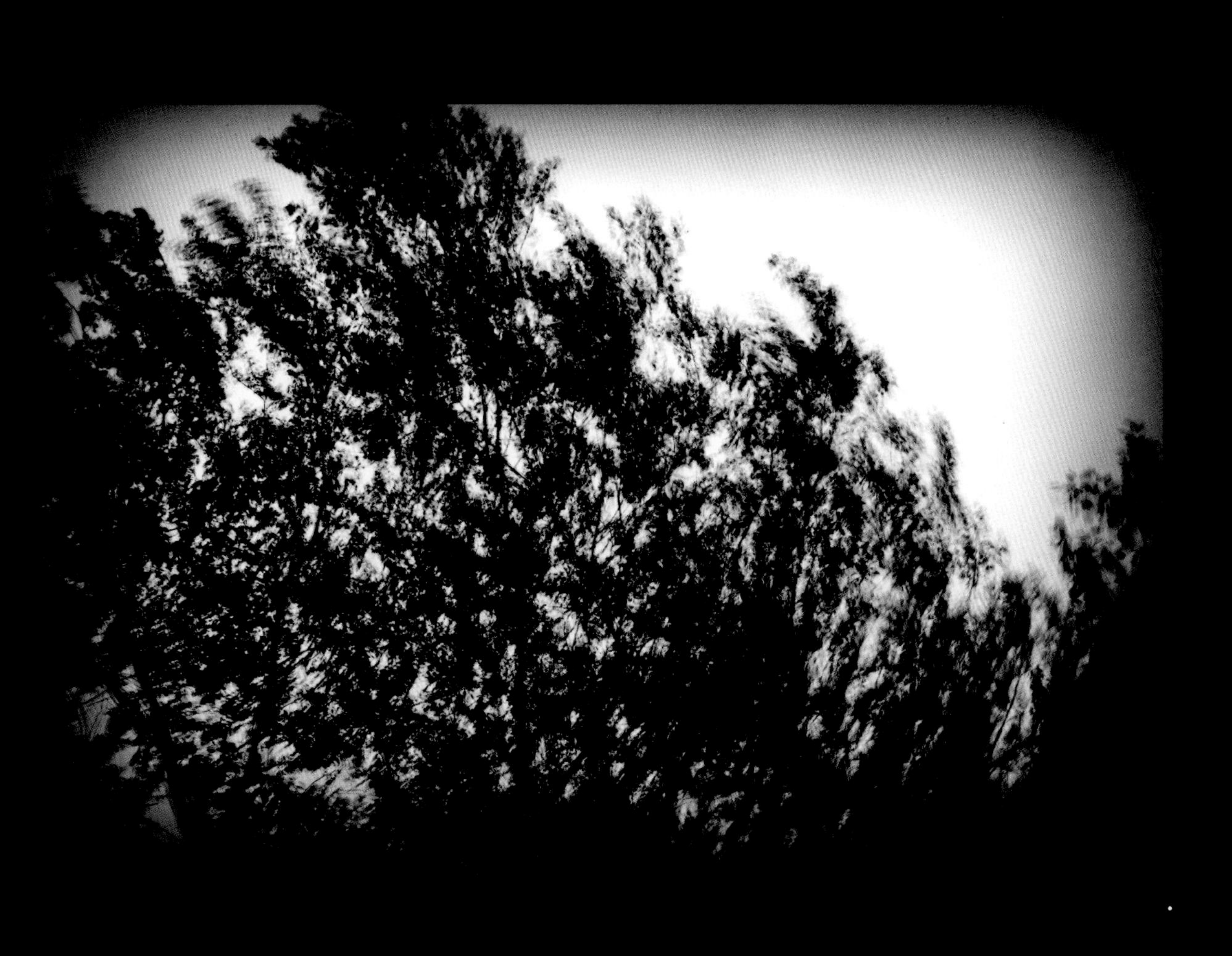

POLICE
POLICE
POLICE
POLICE
POLICE
POLICE

POLICE
POLICE

경 찰
POLICE

밀양 현장에서 보듯, 국가는 중립적이지 않다. 상부구조로 권력의 이해에 맞게 설계되고 조직된 장이다. 실체이되 잘 보이지 않아 국민국가라는 동일체로 혼동된다. 하지만 허상이다. 그들은 다수의 인민이 들고 일어나지 않게 조정하며, 특히 파시즘의 기억이 있는 서구는 여러 안전판을 만든다. 그런데 우리는 어떤가? 노골적으로 경찰을 동원해 한국전력의 용역 역할을 한다. 정치와 자본이 한 몸이다. 원전의 문제를 은폐하고 대규모 송전탑을 짓기 위한 여론 공작을 한다. 괴링과 괴벨스를 합쳐놓은 듯한 괴물들이 여기저기서 번뜩인다. 한국이라는 국가가 형식적이나마 민주공화국인 것이 맞는지도 의심한다.

총리 후보로 나섰다가 낙마한 언론인 출신 문창극의 말대로 언론 역시 우매한 대중이 아니라 지배 권력의 것이다. 사실일 것이다. 대다수 중앙 일간지와 방송은 권력과 자본의 것이다. 또한 우익 이념과 대자본으로 만들어진 '조중동문'은 더욱 그럴 것이다. 권력의 언론은 밀양에서 벌어진 사태에 대해 할배 할멈에게 눈곱만큼도 동정하지 않았다. 같은 현장에서 카메라를 들었다고 동료애 따위는 없었다. 그들이 결국 경찰과 한전과 공범이 아니라고 누가 말할 수 있는가? 기득권을 옹호하는 사진은 도큐먼트는 되겠지만 다큐멘터리는 힘들다. 역사를 비추어 보건대 사진 다큐멘터리는 가난한 자들의 벗이었다. 그들이 가질 수 없는 매체이기에 그랬다. 사진가들도 기꺼이 그들의 벗이 됐다. 하지만 역으로 가난한 이들은 사진을 유통할 매체를 가진 적이 없다. 사진가들 역시 권력의 매체에 기생해 사진을 발표했다. 참 어려운 일이다. 이 같은 국가 폭력에 관해 오래전부터 주목한 이가 성공회대 김동춘 교수다. 최근 그는 『전쟁정치: 한국 정치의 메커니즘과 국가 폭력』이라는 책을 통해 다음과 같이 이야기한다.

> "교전 상황이 아니라고 하더라도 내부 반체제 세력의 도전을 이유로 국내 정치가 전쟁 수행의 모델이나 원리에 입각해서 진행될 때, 정치 · 사회 갈등이 폭력화되거나 지배 질서 유지를 위해 '적과 우리'의 원칙과 담론이 사용되어 적으로 지목된 집단의 존재와 활동의 기반을 완전히 없애려 할 때, 국가 권력 행사에 대한 저항, 정당 간의 갈등이 비정규 전쟁과 같은 양상으로 벌어지게 된다. 이 경우 내전과 치열한 정치 갈등은 거의 구별할 수 없고, 사회 전 영역이나 집단에 전쟁의 논리가 일반화된다. 국가 내부의 노동 · 빈민 세력, 비판적 지식인까지도

내전 중의 절대적 적처럼 취급되고, 이들을 제압하여 무력화하는 일이 국가의 일차적 활동 목표로 거론되는데, 나는 국가의 이러한 정치적 실천을 '전쟁정치'라 불렀다."

끔찍한 표현이지만 사실이다. 특히 이 폭력적인 전쟁은 서울이라는 중심부로부터 멀리 떨어진 변경에서 더욱 확연하게 나타난다. 내 기억 멀리 1980년 광주에서 벌어진 학살과 2006년 평택 미군기지 공사를 둘러싸고 벌어진 주민에 대한 공권력 탄압, 용산에서 벌어진 철거민에 대한 폭력과 살인, 쌍용자동차 해고자들에게 대한 잔혹한 진압 그리고 제주 강정마을에서 벌어지는 일상의 폭력이다. 당시 평택 주민들은 다음과 같이 이야기했다. "평택 지역에 대한 정부의 일방적인 폭력 행사는 평화적 생존권을 주장하는 주민들의 목소리를 무시한 채 국민적 합의 없이 진행되고 있는 미군기지 확장을 위한 강제력 행사임이 드러났다. 정부는 미군기지 이전 대상지를 군사시설 보호구역으로 지정하여 기지 확장을 반대하는 주민과 시민단체 활동가들을 몰아내기 위해 수단과 방법을 가리지 않고 강제수용 집행을 시도하였다. 검찰은 군사시설 보호구역에 침입, 행정집행을 방해했다는 혐의로 체포된 100여 명 중 6일 폭력행위에 가담한 37명의 구속영장 청구에 이어 7일 23명의 구속영장을 추가로 신청했다." 밀양과 처지가 비슷한 청도의 송전탑 건설 현장에서도 마을 주민들은 경찰에 의한 일상의 폭력을 경험한다. 이 같은 현상에 대해 김동춘 교수는 "결과적으로 국가는 구경꾼이었으며, 거대 기업의 막강한 힘이 작용하는 동안 주민들은 경제적 · 정신적으로 완전히 파괴되었다. 모든 국가 폭력의 피해자 가족들이 절규하는 것처럼 이 나라에서 일어나는 일은 피해자는 있는데 가해자는 없다는 사실이 여기에서도 확인되고 있다"고 말한다.

경찰들의 직접적인 폭력을 몸소 체험하며 털레털레 홀로 산길을 내려왔다. 멀리 완공된 송전탑이 보인다. 산 정상에 거대하게 우뚝 선 송전탑은 주변 자연환경과 너무도 이질적이다. 하지만 전국 방방곡곡 산맥을 굽이치며 이어지는 송전탑은 이제 흔한 풍경이 되고 말았다. 그래서 카메라를 들고 다니며 풍경 사진을 찍는 이들은 포토샵으로 송전탑을 지우는 것이 일상이 되고 말았다. 하지만 그 사진은 우리의 현실이 아니다. 가공되고 조작된 이상화된 풍경에 불과하다. 풍경 사진을 찍으려면 풍경을 지키기 위해 싸워야 한다. 권력과 자본이 만들어놓은 체념의 풍경은 싫다.

2014년 4월 16일 8시 48분 경 대한민국 전라남도 진도군 조도면 부근 서해 상에서 세월호 여객선이 침몰했다. 세월호에는 안산시 단원고등학교 2학년 학생 325명과 선원 30명 등 총 476명이 탑승하였다고 알려졌다. 이 글을 쓰는 10월 3일 현재 탑승인원 476명 중 294명이 사망하고 10명이 실종되었다. 처음 찾은 진도체육관에 모인 피해자 가족들의 모습은 수용소의 난민이었다. 그들의 고통과 아픔은 그 어떤 가림막도 없이 그대로 노출됐다. 2층 관중석에서 사진기자들은 초망원 렌즈로 내리찍는다. 그들의 비참한 얼굴을 클로즈업한다. 주변만 빙빙 돌다가 체육관을 나와 30킬로미터를 달렸다. 멀리 팽나무 숲이 인상적인 팽목항에 도착했다. 항구로 들어가는 도로는 차단됐다. 마치 분쟁 지역이나 전염병 통제를 떠올렸다. 1킬로미터 정도 걷다보니 도로의 양쪽으로 무수한 앰뷸런스 차량과 관변단체, 봉사단체 들의 천막이 눈에 들어온다. 팽목항터미널에는 상황대책본부가 차려지고 기자들이 진을 치고 있다. 혹시나 정권에 누가 될까 전전긍긍하는 정치인과 무엇을 어떻게 해야 하는지 모르는 관료들, 이 틈에 국가에 대한 충성심을 내보이려는 우익들까지 모여들어 주변은 혼잡 그 자체다.

세월호 참사에서 드러난 기괴하기 짝이 없는 부패와 무능력이 단지 바다에만 있다고 믿는 사람은 없다. 그래서 '국가란 무엇이냐?'라는 구호가 나온다. 하지만 국가-국민 동일체라 믿는 사람들에게는 이 정권만의 문제처럼 비칠 수 있다. 사실 요즘 그 악순환의 고리를 다시 발견하고 만다. 박근혜의 '국가 개조론'에 대해 정권이나 개조하라는 이야기는 의미 없는 메아리가 될 것이다. 사실 그 국가 개조론은 좀 더 강력한 지배층의 권력을 공고히 하고 국민을 더욱 순종적인 피지배자로 만드는 개조를 말한다. 저들은 이 상황을 통제하지 못한 것이 안타까울 뿐 자기 행위의 부도덕성을 모른다. 국가란 그런 것이다. 지금 사람들이 묻는 '국가란 무엇이냐?'는 최소한 체제에 대한 궁금증이라 본다. 우린 이 사회 체제 안에서 안전한가? 온전한 삶을 살 수 있을까?

국가를 개조하겠다니 작년에 회자되던 '귀태'라는 단어가 생각난다. 현대 정치가 언어의 싸움이라는 것은 오랜 일이다. 귀태는 어설프거나 매우 정교한 언어다. 나는 그 단어를 처음 들었지만 일본식 한자라고 한다. 귀신이 태어나다, 또는 태어나지 말아야 할 사람이 태어났다는 뜻. 일본의 우익 소설가 시바 료타로가 언급했고, 재일동포 정치학자 강상중이 재인용했다고 했다. 이 단어가 한국 정치에서 사용된다면 딱 박근혜 정권이다. 태어나지 말았어야 할 귀신 정권. 그래서 다시 아버지 박대통령이 했던 것처럼 유신과 국가 개조는 비슷하게 들린다.

그렇다면 이 정권에게 무엇을 요구해야 할까? 대통령의 퇴진이나 집권당의 퇴진은 가능성 없는 이야기다. 그렇다면 자신의 입으로 개조를 이야기했으니 세월호 참사와 관련한 부패하고 무능한 관료 집단의 숙청을 먼저 제기해야 한다. 1차적 책임자들이기 때문이다. 해수부, 해경을 포함한 집단부터 시작해 안전행정부, 국정원, 검찰, 교육 관료 등으로 넓혀야 한다. 사실상 이들이 현대 한국을 지배하는 실세들이기 때문이다. 시험에 붙어 공무원 하는 것이라는 생각부터 바꿔야 한다. 능력 있는 시민이면 누구나 참여하는 것이 국가 제도여야 한다. 관료 조직을 해체하고 재조립하는 과정에서 시민의 편인 '민중의 지팡이'들이 등장하고 그들도 숨 쉴 공간이 마련될 수 있다. 실제 이런 요구는 먹혀들 가능성이 있다. 떨어지는 지지율과 민심을 다잡고 정치적 기득권을 유지하기 위해 관료를 일정 부분 희생할 것이다. 이것이 세월호 참사로 인한 피해자와 유가족들의 고통과 요구를 반영한, 시민들이 공감할 첫 번째 실천 아닐까? 그런데 아니나 다를까 대통령이 해경을 아예 해체하겠다고 선언했다. 상상을 초월하는 분이시다.

팽목항 현장에 돌아다니는 수백 명의 기자를 바라보는 피해자 가족의 시선은 불신을 넘어 혐오와 적대에 가깝다. 기레기(기자 쓰레기)라는 말이 그래서 탄생했다. 팽목항터미널 건물 옥상은 방송사 카메라와 기자들이 차지했다. 마치 언론사들의 기지가 된 듯하다. 국가로부터 뭔가를 부여받은 권력의 모습이다. 사실상 그들이 컨트롤타워인 양 하고 있다. 그러고는 정부를 대변하거나 피해자 유가족 사이에서 조정자를 자임한다. 그들에게 위기 재난시 취재 윤리 강령이란 것은 있나? 그들도 들어보지 못했을 것이다. 애초 기자 정체성 따위는 없었는지도 모른다. 이미 기자협회와 사진기자회는 재난보도 가이드라인과 윤리 강령을 재정한 바 있다. 기자협회는 "영상취재는 구조 활동을 방해하지 않도록 해야 하며, 공포감이나 불쾌감을 유발하지 않도록 근접 취재 장면의 보도는 가급적 삼간다"고 했으며 사진기자협회는 윤리 규정을 통해 "우리는 공적인 이익을 위한 사안을 제외하고 개인의 명예와 사생활을 침해할 우려가 있는 사진 취재를 하지 않는다"고 했다. 하지만 사진기자들은 경쟁하듯 문제 있는 사진을 찍어 전송하고 지면화한다.

현장에서는 피해자 가족들의 초상권이 특히 문제가 되고 있다. 이 초상권은 재산권이 아닌 인격권이다. 사진기자들 대다수 심리 안에는 공리주의가 도사리고 있다. 그것은 자신의 사진 정보가 다수에게 이익이 된다는 생각, 따라서 더 참혹하고 비참할수록 그 가치는 높다고 생각한다. 따라서 이들은 사진을 촬영하고 지면화하는 것이 옳다고 생각한다. 하지만 피해자 가족들은 윤리적 절대주의 입장에 선다. 나의 비참한 얼굴이 사회 이익과 상관없고 오히려 내게 깊은 상처만 남긴다는 것이다. 고통받는 나의 인격은 침해할 수 없는 영역이며 사진 촬영에 대해서는 승낙을 받아야만 가능하다는 입장이다. 그렇다면 타협점은 있을까? 베트남전의 베트콩 즉결처분 사진으로 전쟁의 방향을 틀어버린 종군 사진기자 에디 애덤스는 한 전투 현장에서 공포에 얼굴이 일그러진 열여덟 살 해군 병사의 사진을 찍으려다가 포기하고 만다. 그의 답은 이것이다. "다른 사람이 내게 해주기를 기대한 만큼, 나도 다른 사람을 대하라."

안산에 갔다. 정부가 마련했다는 합동분향소가 그곳에 있다. 그 땡볕에서 하루 종일 피켓을 들고 서 있는 사람들이 있다. 단원고등학교 학생 희생자 부모들이다. 오늘 어버이날. 아마도 그 부모된 도리를 하고 싶었는지도 모르겠다. 그리고 KBS 본관 앞으로 옮겼다. 청와대 앞으로 아이들의 영정을 들고 뛰어간 부모는 바로 이분들일 것이다. 그들을 팔아 자리 보전하고, 승진하고, 시청료 올리고 차후 뒷자리까지 기대하는 부패한 언론 권력은 무엇인가? 방송국이 불타는 시대가 다시 오는 것일까? KBS는 현장에서 '기레기 중의 기레기'로 불렸다. 결국 신참 기자들이 공정방송에 대한 항의를 했고, 보도국장은 실언을 했다. 모두 청와대가 시킨 거라고. 유가족들이 항의 방문을 했다. 사과 거절이다. 그리고 청와대로 부모들이 행진했다. 그리고 보도국장 사임. 사장 사과. 공영방송이라는 KBS의 미래는 무엇인가? 온갖 이권과 권력에 중독된 민간 언론사는 둘째 치고 공영방송을 정상화해야 하고, 국가 세금을 먹는 연합뉴스 등의 기간 통신사도 개혁해야 한다. 공공재인 공중파를 사용하는 방송사들의 혁신 없이는 사실상 한국의 미래는 없어 보인다. 합동분향소 앞에서 사진을 찍는 내 옆에서 KBS 기자는 열심히 동영상을 돌리고 있다.

2층 화장실
1층 대합실

희생자 정부 합동분
謹 삼가 고인의 명복을 빕니다 弔

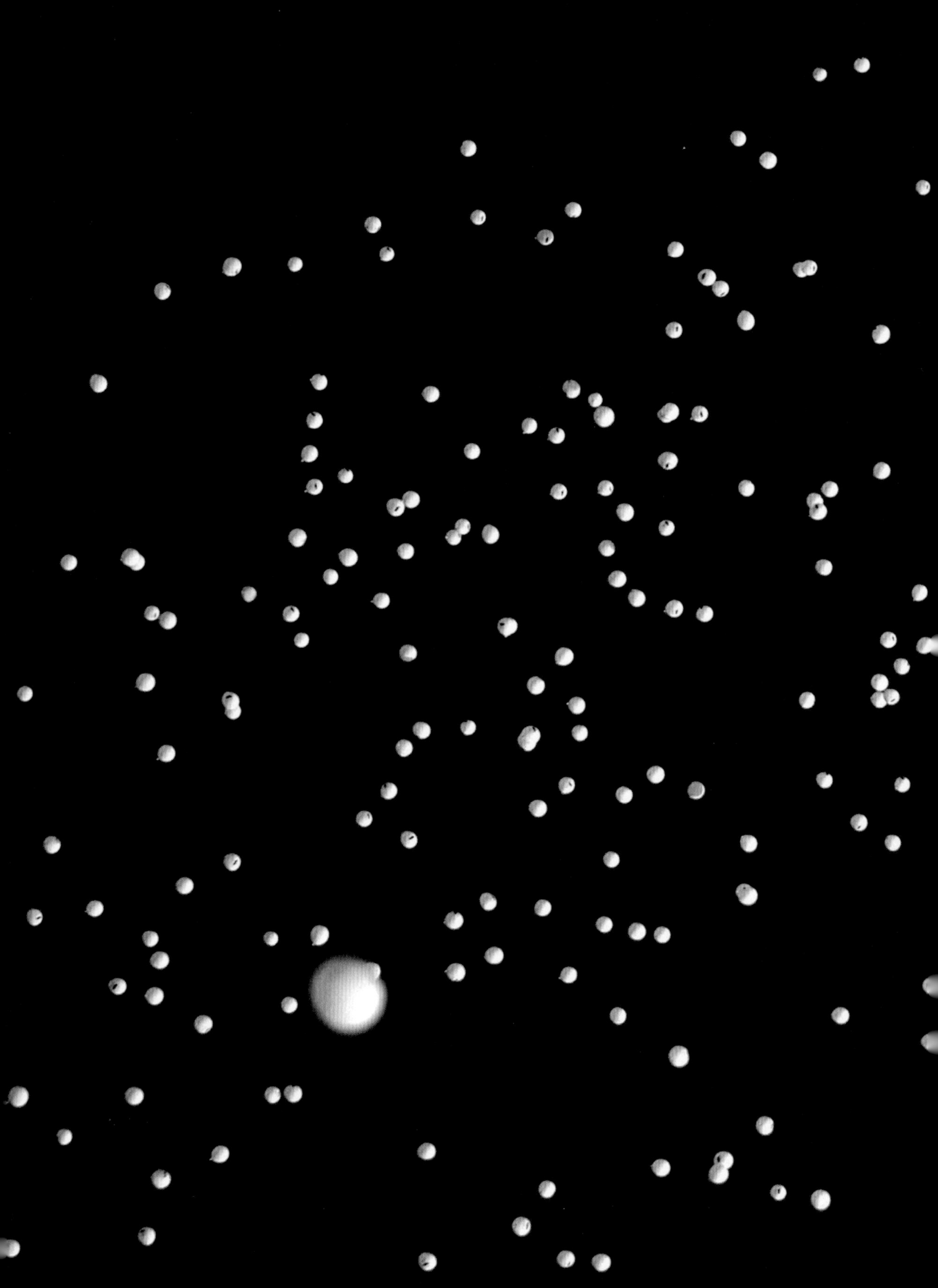

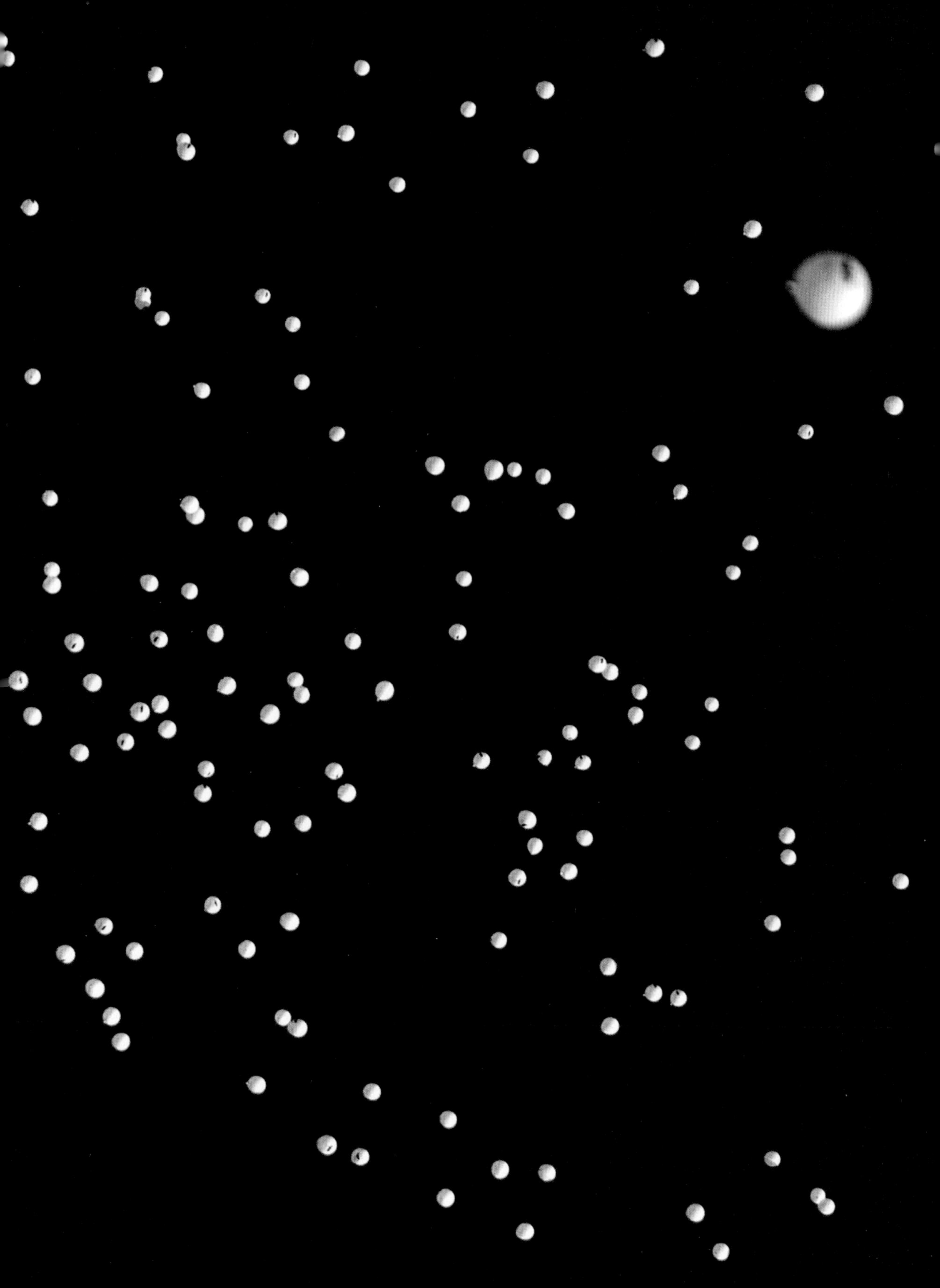

정부

국가란
무엇인가?
정세경

아이들이 다니던 단원고등학교에 가보고 싶었다. 내 아들 또래 아이들의 얼마 전 흔적이라도 기록해볼 요량이었다. 합동분향소에서 그곳에 가는 차량이 마땅찮다. 땡볕에 걸었다. 천천히 걸어 한 시간 만에 도착한 안산 단원고등학교 앞. 내가 정문 앞에 섰을 때 아이들은 모두 수업 중이거나 등교하지 않았을 것이다. 그 둘 중 어디도 진도 앞바다의 아이들은 없다. 안산에 없는 그 아이들을 위해 과자와 음료수가 마트 하나 차릴 정도로 쌓였다. 지나가던 꼬마가 그런다. "아빠. 너무 맛있는 것이 많아. 나 먹어도 돼?" 아빠는 그런다. "안돼. 그건 언니 오빠가 먹을 거야." 눈물이 돈다. 그 많이 쌓인 과자와 걸그룹 사진이 놓인 곳 앞에서 자신을 찍었다. 아이들의 사랑이란 그런 것이구나. 내가 그 녀석들이라면 소피 마르소겠구나 했다. 쓴 웃음을 짓다가, 못 다한 청춘 앞에서 사진 찍는 파인더 앞이 뿌옇게 흐려진다.

아이들은 증언했다. '가만히 있으라' 했다고. 원래 이 나라가 그랬다. 그런데도 여전히 가만 있으라는 목소리가 들린다. 교회의 늙은 목사들은 나부터 회개할 테니 가만 있으라고 한다. 웃음이 나온다. 교활한 인간들이다. 분노한 이들에게 잠자코 너부터 반성하고 가만 있으라고 주문한다. 권력과 결탁한 종교는 역사 이래로 악취를 풍겨왔다. 종교가 정치에 개입할 수 있는 것은 오로지 핍박받는 민중을 대변하는 그 순간뿐이다. 이들이 국가를 망친 장본인들이다. 그런데 가만히 국가 개조를 하자고 한다. 놀랍지도 않은 사람들이지만 이런 타이밍에 딱 맞게 등장하는 것을 보면 놀랍다. 이들에게 종교적 윤리란 뭘까? 그리고 한 목사가 이야기 했다. "가난한 집 애들은 불국사나 가라." 불교는 가난한 자들이나 믿는 종교라는 폄하까지 포함한다. 사실 이는 서구 기독교인들의 오래된 인식이기도 했다. 그리고 한국 기독교의 모습이다.

"우리가 요즘 눈으로 확인할 수 있었던 것은 국가 폭력이 얼마나 다양할 수 있는가라는 것이다. 긴급구조를 위한 인적·기술적 자원을 독점하는 국가가 구조를 하지 않고 노동자와 노동자 자녀들을 수장되게 한 것이 얼마나 끔찍한 국가 폭력인지 우리는 세월호 참사에서 목격했다. 굳이 광주에서처럼 탱크로 밀어붙이지 않아도 국가가 얼마든지 학살을 할 수 있다는 사실을 알게 됐다."

한국 사회 지식인 중 가장 비판적인 견해를 가진 박노자는 과거 군사정권 시절의 물리적 폭력 중 가장 강도 높은 고문과 살인만 자제하고 '정도'만 조절했을 뿐이라 일갈했다. 용산 참사나 제주 강정, 밀양의 폭력은 세월호 유족과 국민을 대하는 태도에서도 여지없이 드러난다. 지금도 도심에서 벌어지는 집회 및 시위에 대해 폭력적인 진압을 시도하며, 권력의 친위대를 자처하는 일베의 작태를 부추기며, 특별법을 만들자는 노력에 여론을 조작해 무력화한다. 용산 참사 피해자 이충연 씨는 다음과 같이 증언한다.

> "정부와 건설사 등의 이해가 결합된 재개발 시스템에서 용산 참사는 누군가 당할 일이었다. 세월호 또한 배 증축과 용도 변경 등을 가능케 한 규제 완화, 미비한 재난 구조 시스템 등의 문제 속에서 언젠가 일어날 사고였다. 당시 언론이 우리를 테러리스트라고 호도한 거나 지금의 언론 왜곡, 다른 일로 사고를 덮으려는 정권 등 세월호에서 우리 모습을 본다. 우리가 보상이 아닌 진상 규명을 요구하는 건, 근본적인 시스템을 바꿔서 다시 이런 일이 일어나지 않게 하는 게 돌아가신 분들의 넋이라도 위로하는 길이라고 생각하기 때문이다." («경향신문»)

대한민국을 대개조하라!!
재향경우회
미안합니다. 잊지 않겠습니다.
안전한 나라를 만들겠습니다!!
세월호참사 희생이 헛되지 않게
관련자 엄중처벌하라!!

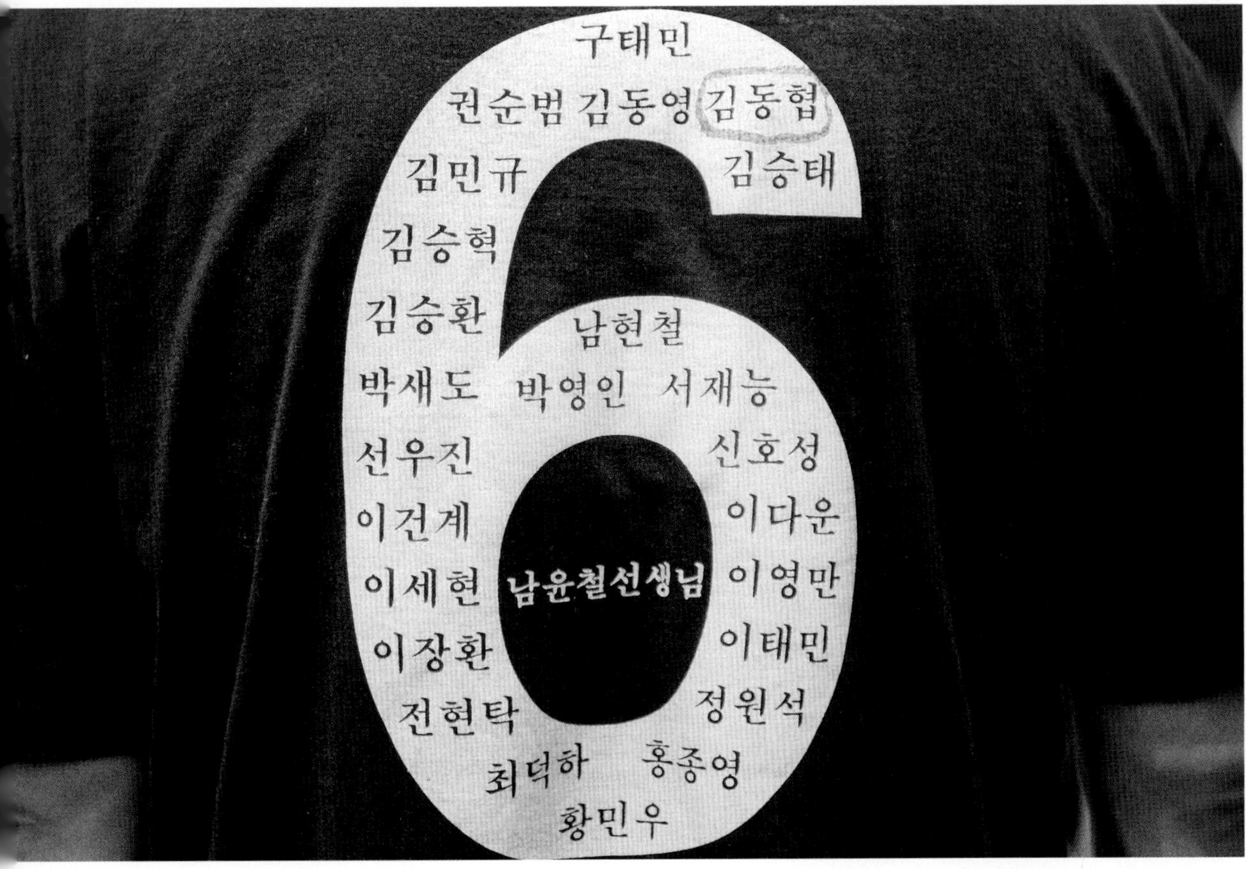

구태민
권순범 김동영 김동협
김민규 김승태
김승혁
김승환 남현철
박새도 박영인 서재능
선우진 신호성
이건계 이다운
이세현 남윤철선생님 이영만
이장환 이태민
전현탁 정원석
최덕하 홍종영
황민우

경 찰
POLICE

세월호 참사 유가족 단식 22일째
특별법을 제정하라!

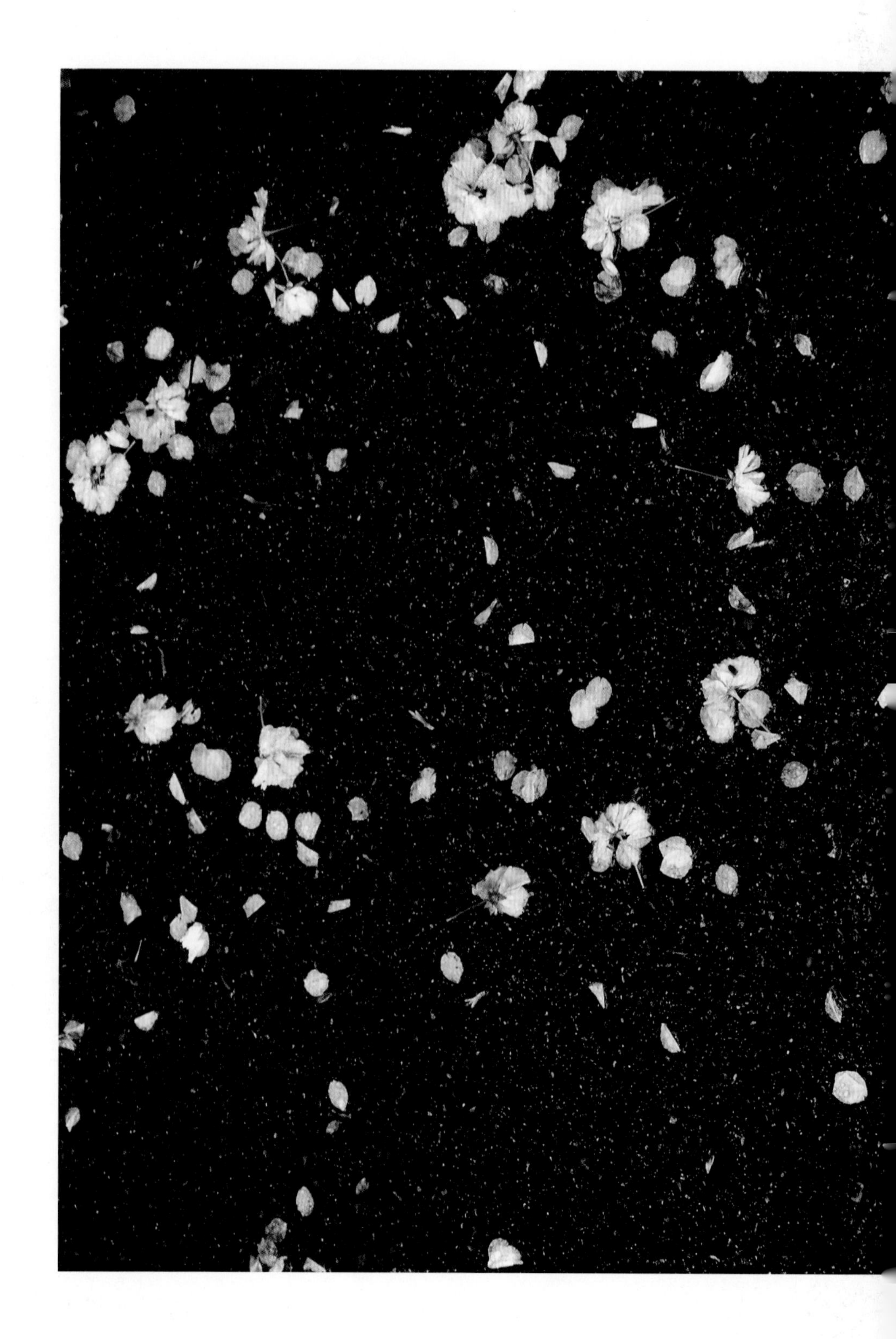

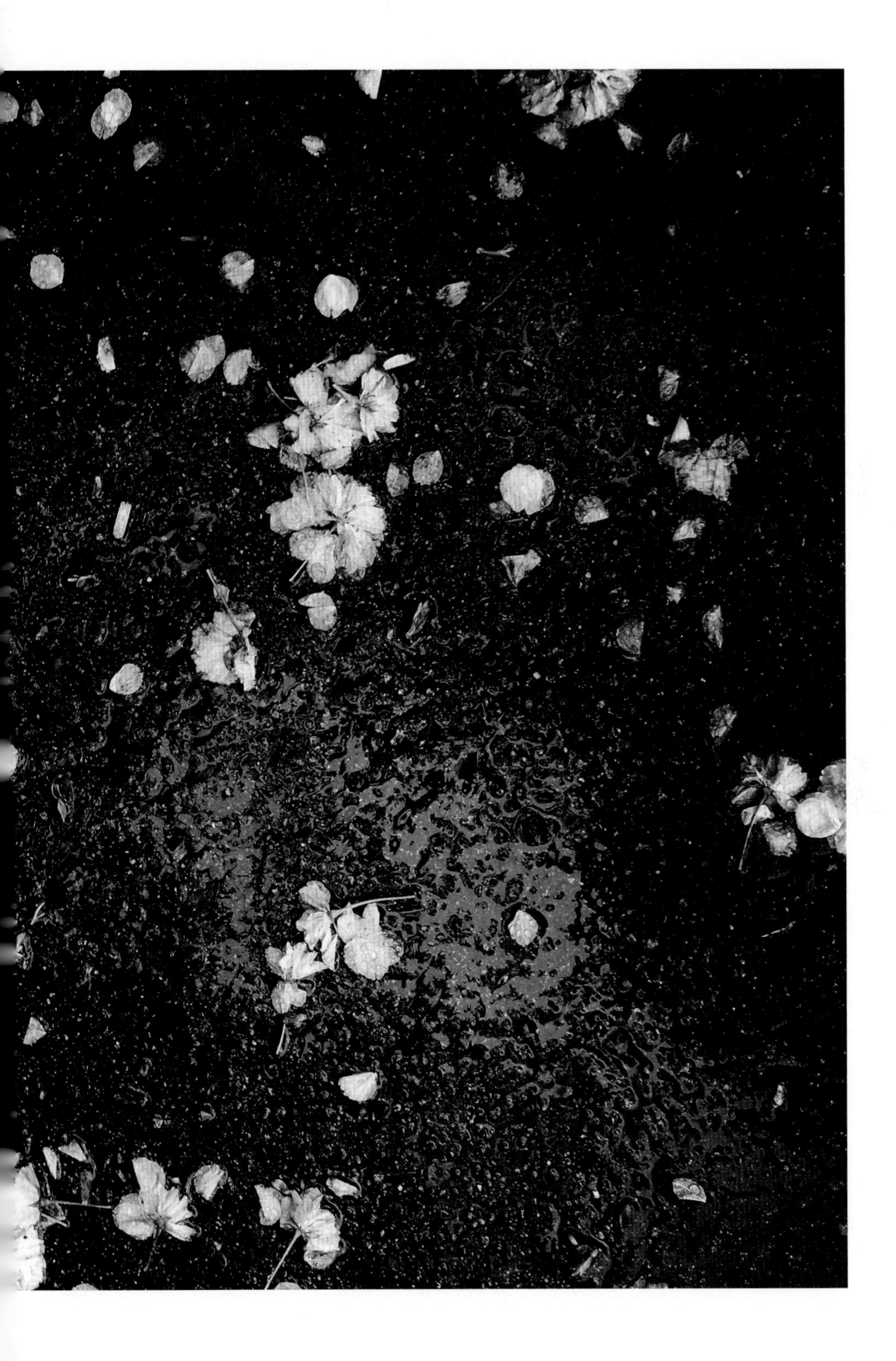

서울우유
Home Milk
홈밀크
1등급우유
응원할게
오레오
12 PACKS with LOVE
천국에서 행복
하게 살기를...
부디 하늘나라에
편히 쉬어라.

삼다수
LOTTE
마가렛트
Margaret
고마워
사랑해
꿀물
HONEY WATER
가득 가득한 곳에서
기도한다
언제나 밝고 웃음이 가득한
이곳이지만 오늘은 조용하기만
하구나
하늘나라에서는 항상

기록한다는 것. 기억한다는 것은 무엇일까? 세월호를 사진으로 기록한 50여 명의 사진가들이 여의도에서 출발해 광화문 단식 농성장까지 걸었다. 각자가 찍은 사진을 대형 현수막에 인화해 들고 걸었다. 말하지 않는 사진으로 침묵의 거리 시위를 한 셈이다. 사진 속에는 다음과 같은 텍스트가 표면 아래 새겨져 있었다. 세월호, 가만히 있으라. 국가란 무엇인가. 4·16. 청와대, 재난 컨트롤타워, 구원파, 국가 개조. 7시간. 사진작가 유병언, 단식. 노란 리본. 기레기. 카카오톡 대화방. 의사자 지정 카더라. 특별법.

비가역적인 시간 속에 존재한다는 것 그리고 영원한 시간 속에 있다는 것의 구분은 인간의 상징적 활동에 어떤 근원이 있다는 인상을 피하기 힘들다. 사진을 찍는다는 것은 시간의 대칭성을 파괴하는 것이다. 우리는 사진을 통해 시간의 비대칭성을 피사체의 시간 비대칭성으로 번역하는 흔적을 남긴다. 그것은 우리가 살고 있는 풍경의 가역적이고 순환적인 혼돈의 텍스트로부터 확률적이고 동시에 시간적 방향성을 지닌 선명한 텍스트로 만들어낸다. 변경에서 중심으로 다시 돌진하며 혼돈 속에서 새로운 질서를 요구하고 구축하는 것이다.

나의 이야기는 여기까지다. 아직도 미래는 오지 않았다. 다만 우리는 모호하게 다가올 그 질서를 예측할 뿐이다. 팽목항에 별이 빛나고 있다.

순간이 있었습니다
"가만히 있으라"
"가만히

에필로그

›

변경에서 본 한국 자본주의의 민낯

사진을 찍는 방법 중에 '걸고 찍기'라는 것이 있다. 렌즈 가까운 곳에 사람이나 사물을 걸치고 찍고자 하는 대상에 초점을 맞추는 방법이다. '숄더 샷' 또는 '어깨걸이 샷'이라 한다. 즉 앞에 있는 것은 부제고 뒤에 있는 것이 주제다. 그리고 더 먼 풍경은 이들의 배경이 되어준다. 소형 카메라를 가지고 재빨리 프레임을 만들어 다중으로 레이어를 쌓는 방법이라 그리 쉽지는 않다. 현대 사진에서는 자주 볼 수 있는 기법이지만 오래 전, 그러니까 1960년대 이전의 사진에서는 볼 수 없었던 방법이다.

우리가 잘 알고 있는 앙리 카르티에-브레송이나 유진 스미스의 사진에서 이러한 기법은 찾아볼 수 없다. 당시로서는 카메라와 대상 사이에는 그 어떤 매개도 필요하지 않았다. 카르티에-브레송처럼 피사체로부터 유령처럼 사라져 보이지 않는다면 1차 목격자가 되기 때문이다. 유진 스미스처럼 아예 전지적인 시점으로 관찰자가 된다면 역시나 렌즈 앞에 그 어떤 대상도 필요치 않다. 당시만 해도 사진은 주관성보다는 객관성을 중요시했기에 초점이 맞지 않았거나 누구의 등 뒤를 걸치고 찍는 일은 없었다.

이같은 관습적인 사진의 구도는 스위스 출신 사진가 로버트 프랭크의 1958년 작 ‹미국인들›로 전복된다. 객관성은 주관성으로 치환되고 초점의 심도는 급격하게 좁아져 여기저기 뿌옇게 표현된다. 결정적으로 엿보는 듯한 '걸고 찍기'가 그로부터 출현한다. 그는 카르티에-브레송처럼 사라지지도, 스미스처럼 전지적으로 보지도 않는다. 그는 실재하는 사실을 목격하는 다중의 하나가 되어 그들 사이에 들어가 관찰한다. 그리고 그것이 미국의 실체를 파악하는 좀 더 진실한 시각이라 믿는다. 애국심, 자본주의, 인종차별 등 당시로서는 미국인들이 언급하지 않거나 은폐한 진실을 타인의 시각으로 해체하고 재조립한다.

> "자주 제 관점이 의도적으로 왜곡한 주제라고 의심 받았습니다. 무엇보다, 저는 사진가로서의 삶이 절대로 아무렇게나 할 리 없다 생각합니다. 의견은 때때로 일종의 비평처럼 구성됩니다. 그러나 비평은 애정으로부터 올 수도 있습니다. 다른 사람들에게 보이지 않는 것을 보는 것, 아마도 희망 혹은 슬픔도 중요합니다. 또한 그것은 항상 사진을 생산하는 자기 스스로에게 즉각적인 반응을 일으키기도 합니다. 저의 사진은 의도되지 않고, 미리 구성되지도 않으며, 관객이 저의 관점을 공유할 것이라 기대하지도 않습니다. 그러나 만약 사진이 관객의 마음에 인상을 남긴다면 어떤 것이든 성취되었다고 저는 느낄 겁니다." (로버트 프랭크, 1958년)

그로부터 반 세기가 흘렀지만 로버트 프랭크의 문체는 많은 사진가들에게 영향을 주고 변주된다. 나 역시 그처럼 라이카 한 대에 밝은 렌즈 하나만 가지고 우리 사회 주변부를 어슬렁거린다. 그리고 문득 우리가 유일한 체제라 믿어 의심치 않는 자본주의의 민낯에서 야수의 그것을 발견한다. 문득문득 날카로운 이빨을 드러내는 자본주의의 얼굴은 좀처럼 투명한 공간에서 전면적으로 드러나지 않는다. 내가 누군가의 등 뒤에서 관찰할 때, 내가 카메라를 들고 기록하고 있다는 것을 망각할 때 그 얼굴은 좀 더 노골적으로 표현된다.

사실 로버트 프랭크처럼 카메라를 자신의 눈과 사고의 연장으로 삼아 한 사회의 민낯을 드러내려 한 사진가들의 시도는 꾸준히 있어 왔고, 나 역시 한 권의 책으로 만들어볼 생각이었다. 하지만 특정한 소재 대신 자본주의라는 거대 담론을 사진으로 표현하기란 참으로 난망한 일이다. 어차피 사진은 사건의 표면만을 전달할 뿐, 그 안에 존재하는 모순을 보는 이에게 제대로 전달하는 일은 수없이 많이 찍은 사진들의 맥락 안에서만 가능한 일이기에 그렇다.

그래서 어렵지만 내심 이 책이 프랭크의 책처럼 순수한 사진집이었으면 했다. 순순한 사진집이란 글이 거의 없는 사진책이다. 왜 사진가들이 그런 책을 원하는가 하면 사실 근거는 없다. 더욱더 예술적으로 보이고 싶거나 문자에 오염되지 않았다고 자위하려 하는 것인지도 모른다. 하지만 이 책의 정보량에 비추어보면 사진책이 맞다. 이 책에는 344,064 바이트의 문자 정보가 있고 886,570,214 바이트의 사진 정보가 들어 있다. 사진이 글보다 2,500배 쯤 많다. 그럼에도 불구하고 사진은 그 막대한 정보량을 쉽게 독자에게 내보이지 않는다. 어떤 때는 모호하고 어떤 때는 감춰져 있다. 따라서 나는 그 사진들을 독자에게 완전하게 전달할 수 있는 해석을 제공해야만 했다. 그 해석이 내가 부단히 쓰는 글이다. 하지만 글이 사진을 동어 반복적으로 해설하지 않는다. 단지 해석하는 데 교량 역할만 할 뿐이다. 이 사진과 글을 통해 완전히 다른 해석을 가해도 상관없다.

나는 이제 사진이 고통스러운 사회를 변혁시킬 것이라 믿지 않는다. 그것은 100년 전 루이스 하인의 시대로 끝났다. 이제 사진보다 더 영향력이 강한 매체들이 수두룩하다. 그렇다고 사진에 고통을 치유할 수 있는 그 어떤 힘이 있는 것도 아니다. 여기저기서 '힐링'을 얘기할 때 사진도 역시 무슨 신비한 치유의 힘이 있는 듯 떠드는 사진가를 가끔 보았지만, 나는 믿지 않는다. 어차피 그들의 치유는 또 다른 상품, 물신일 뿐이다. 사진보다는 차라리 1960년대 록음악이 영혼을 구원할 것 같다. 그렇다면 사진은 뭔가? 내 생각에 사진은 고통을 드러내는 증거다. 우리가 고통스럽다는 것을, 고통 받았다는 것을 진술하는 매체다. 그 고통을 목격하고 어떻게 해결할 것인가도 각자의 몫이다. 통일된 대안은 없다. 그리해 내 사진을 볼 때면 차마 눈 돌리고 싶다. 내가 찍고도 내가 사랑하기 힘들다. 역설적이게도 이 사진들이 자본주의와 신자유주의의 극복을 선동하는 것이 아니라 그 전장에서 수없이 스러져간 이들의 묘비명을 기술했다는 점이다. 하지만 포기할 수는 없다.

후기자본주의의 탈출구라 불리는 신자유주의가 이 땅에서 비정규직을 양산하고, 파생상품이 유동하고, 곳곳에서 주거와 유리된 주택을 찍어낸 지도 꽤 됐다. 용산의 철거민들은 최소한의 권리를 요구하다 다섯 명이 불타 숨졌고, 그 사이 최소 생계도 어려웠던 한 여성 장애인은 자신의 집에서 불에 타 죽었다. 보조인이 없어 움직이지도 못했기 때문이다. 맹독에 노출된 반도체 노동자는 암에 걸려 죽어도 산재 인정을 받지 못했다. '또 하나의 가족'이라는 것은 그들에게 적용되는 관계가 아니었다. 식당일을 하던 엄마는 다리가 부러져 일을 못하자 신용불량자 두 딸과 함께 자살했다. 죽음이 흔한 사회라 쉬이 잊히고 사람들은 일상의 외면으로 돌아선다. 어깨 너머로 미국의 자본주의를 관찰했던 로버트 프랭크는 이렇게 이야기한다. “저는 ‘운명은 의식으로 변형시키는 것’이라고 쓴 앙드레 말로를 생각했습니다. 저는 사람들이 그 스스로 너무 많은 것을 원하는 것에 당황합니다. 그러나 달리 어찌해야 당신은 그 노력과 실패를 정당화시킬 것입니까?” 늘 기존의 프레임과 미학에 대항하고 새로운 관점을 세우기 위해 아방가르드 역할을 자임한 것이 그의 사진이었다. 나 역시 자본주의의 ‘운명’을 필름과 인화지 위에 역사와 변화를 향한 ‘의식’으로 고정시키는 작업을 한다. 다만, 나는 변경에 서서 어깨 너머로 언뜻언뜻 보이는 저 자본주의의 민낯에 초점은 제대로 맞추고 있는가? 돌아볼 뿐이다.

사진 캡션

프롤로그

8~9	기륭전자의 직장 폐쇄와 도주. 서울 구로. 2010
11	철책 근무를 준비하는 군인. 강원도 철원. 2009
12~13	태백산맥, 카지노의 아침. 강원도 정선. 2008
14~15	4대강 공사. 공산성 앞 금모래의 종말. 금강. 충청남도 공주시. 2010
17	화악산 정상의 송전탑. 경상남도 밀양. 2014
18	용산참사 남일당 건물 터 앞 가림막. 서울 용산. 2012
19	맛조개와 백합의 무덤. 새만금. 전북 김제. 2011
20	태풍이 도착하기 전. 제주도 강정. 2012
21	세월호 특별법 촉구 집회. 서울 광화문. 2014

I

28~29	타워크레인과 십자가들의 불빛. 서울 금호동. 2010
30	재개발 지역의 일상적인 공포, 불안. 서울 금호동. 2009
31	사라진 노랫가락과 박스집들. 서울 금호동. 2009
33	무너지는 달동네와 세워질 고층 아파트. 서울 옥수동. 2009
34	재개발 폐허 속 포크레인 저승사자. 서울 금호동 2008
36~37	포이동 재건마을이 모두 불에 타고 농성탑만이 우뚝 서있다. 서울 강남구. 2011
38	재개발 폐허의 현장. 범죄 현장의 목격자일까? 서울 금호동. 2009
39	어둔 겨울 새벽녘, 인기척. 서울 금호동. 2009

39 가림막으로 구성된 뉴타운 재개발 지역. 서울 금호동. 2008

41 그의 등 뒤에서 발견한 절망. 재개발 지역. 서울 마포. 2008

43 용산 참사 현장. 불길에 싸인 언어들. 서울 용산. 2008

46~47 참사 현장인 남일당 건물 앞. 아무도 들어가지 못한다. 서울 용산. 2008

48~49 용산 참사 길 건너편 사창가. 공포와 소멸 사이. 서울 용산. 2010

50 총리 공관 앞에서 1인 시위 하는 홍세화. 서울 종로. 2009

51 눈 내리는 날, 남편들의 장례식. 서울 용산. 2010

53 참사 현장 남일당 건물에 모인 사람들. 서울 용산. 2010

54~55 재개발과 뉴타운 종말. 서울 용산. 2008

56 텅 빈 남일당 건물 터. 시행사는 파산했고, 사람만 죽었다. 서울 용산. 2012

57 하늘에서 본 서울. 그리고 개발, 개발, 개발. 대한민국 서울. 2009

59 하늘에서 본 새만금. 미래의 땅 또는 돈. 전라북도 부안 김제 부근. 2011

60~61 염생 식물. 죽은 땅, 사라진 바다. 새만금. 전라북도 부안 계화도. 2011

62~63 화석이 될 운명. 새만금. 전라북도 부안 계화도. 2011

65 오래전 갯벌은 추억으로만 남았다. 모든 것이 육화된다. 전라북도 부안. 2011

69 친구 임인환. 두물머리 농사꾼. 쫓겨났다. 경기도 양평. 2012

70 농토를 파하고 자전거도로와 공원이 들어섰다. 충청남도 부여. 2010

72~73 공산성 앞 금강. 4대강 개발. 충청남도 공주시. 2010

76~77 달성보(댐) 건설 후 낙동강은 녹조의 세상이다. 경상북도 달성군. 2014

78 낙동강 중류. 여기저기 널브러진 준치. 경상북도 구미 인근. 2010

80~81 왜가리가 있는 풍경. 4대강 건설 현장. 충청남도 공주시. 2010

84 어부의 새벽 낙동강. 준치 몇 마리 건졌다. 경상북도 상주. 2014

86 어부 조말술 씨 부부. 녹조로 조업을 포기했다. 경상북도 고령. 2014

87 쳐놓은 그물 가득 붙어있는 큰빗이끼벌레. 경상북도 상주. 2014

89 이종욱 씨. 몇 해 전 시작한 낙동강 어부 일이 마음 같지 않다. 경상북도 구미시. 2014

89 낙동강에서 60년을 산 어부 최판술 씨의 고기 장부. 경상북도 구미시. 2014

93 내륙 깊숙이 흐르는 내성천은 그나마 원형의 강이다. 경상북도 영주시. 2011

95 영주댐 공사장 근처. 수천 년 이어오던 마을은 2014년 수몰된다. 경상북도 영주시. 2013

100~101 내성천 가는 길에 큰 눈이 내렸다. 모래 강을 이룰 것이다. 경상북도 영주시. 2007

103 내성천 지킴이 지율 스님. 강의 소멸을 지켜보고 있다. 경상북도 영주시. 2011

II

109 장애인 운동가 박영희. 그녀를 둘러싼 서울시시설관리공단 직원들. 서울 중구. 2008

110~111 진보정당인 박은지의 장례식. 서울 대한문 앞. 2014

112~113 장애인 활동가 김주영 씨의 장례식. 서울 광화문 광장. 2012

116~117 겨울비 맞으며 장애인들이 행동에 나선다. "죽이지 마라." 서울 광화문 광장. 2012

119 KBS 노조 파업. 정문을 봉쇄한 구사대와 용역들. 서울 여의도. 2010

119 세종호텔 비정규직 노동자들의 파업과 경찰 그리고 용역들. 서울 중구. 2012

120	비정규 노동자 윤주형의 자살과 차가운 황천길. 경기도 마석. 2013
121	삼성전자 반도체 노동자 박지연의 죽음. 서울 강남. 2010
125	문을 나서면 추락할 것 같은 공포가 우리네 삶이다. 강원도 태백. 2008
127	아들이 분신한 장소에서 어머니의 노제가 열렸다. 서울 중구. 2011
128~129	직장 폐쇄하고 도망간 기륭전자 앞. 서울 구로구. 2010
131	기륭전자 앞 천막에서 단식 농성을 이어가는 여성 노동자. 서울 구로구. 2010
132~133	겨울. 어느 사업장 앞, 얼어붙은 화단의 꽃들. 서울 구로구. 2013
136~137	기타 제조 회사 콜트콜텍. 지하 무덤인 듯하다. 충청남도 대전시. 2008
139	기타 제조 명인들. 연주자에게 호소하다. 서울 종로 낙원상가 앞. 2008
142	죽은 재 속에서 다시 타오를 것이다. 경기도 평택 쌍용자동차 앞. 2013
143	의자놀이. 쌍용자동차 농성장 앞. 서울 대한문. 2012
144~145	침묵과 저항의 교차선. 거리의 언론인들. 서울 시청앞. 2014
146~147	한미 FTA 체결 반대를 요구하는 군중. 서울 종로. 2008
148	알바연대 대학생들. 최저임금, 그마저도 체불된다. 서울 대한문. 2011
149	오큐파이 서울, 집회장의 청년. 서울 대한문. 2011
151	역전에서 걸어 쌍용자동차 철탑 농성장까지 온 여성들의 환호. 경기도 평택. 2013
153	쌍용자동차 농성장을 강제 철거하고 만든 화단. 서울 대한문. 2013
154	송전탑에서 고공 농성을 벌이는 현대자동차 비정규 노동자. 경상남도 울산시. 2013
158~159	한국은행 앞을 지나는 서울 노점상들의 행렬. 서울 중구. 2012
160~161	신자유주의를 반대한다. 반 FTA. 서울 종로. 2008
162~163	한미 FTA 반대에 나서 수녀들. 서울 시청 앞. 2008
166	신자유주의 반대 시위대 속 마릴린 먼로. 아이러니. 서울 청계천변. 2008
169	국정원 선거개입에 반대하는 시민. 살수차를 막았다. 서울 광화문. 2013
170~171	한미 FTA 반대와 신자유주의 저지. 하지만 국회 통과. 서울 시청 앞. 2011
174~175	주기적 공황의 실체. 경상남도 부산시. 2012
178	오큐파이 서울. 유령이 점령한 삶. 서울 대한문. 2011
179	차가운 겨울날 지하철 역사. 강제된 무소유. 서울 을지로. 2010
180~181	노동자들의 행진. 경기도 평택. 2013

III

187	GOP 앞 철책. 남방한계선이라 한다. 경기도 연천. 2009
190~191	비무장지대 안 초원. 지뢰와 고엽제를 품었다. 강원도 철원. 2009
192~193	어디선가 본 풍경. 아프리카인가? 기형의 풍경이다. 강원도 철원. 2009
194~195	최전방 GP. 북한쪽 GP와 거리는 불과 수백 미터다. 강원도 철원. 2009
196~197	고라니가 있는 천국 같지만, 이상한 숲이다. 강원도 철원. 2009
200~201	안개에 싸인 새벽 강화도. 민통선 지역으로 출근하는 농부. 인천시 강화도. 2009
203	판문점 JSA 병사 어깨너머 북한이다. 지척이다. 경기도 파주시. 2009
205	고성 민통선 안쪽, 안보관광. 강원도 고성. 2012

207	동두천 미군 기지 앞. 속칭 기지촌. 경기도 동두천시. 2009
207	이태원 미군 술집들. 한국의 경찰력이 미치지 않는 곳. 서울 용산. 2009
211	민통선 전망대. 앞에 국경을 이루는 한강은 안개에 묻혔다. 경기도 파주. 2009
212	민통선에서 읍내를 가로지르는 한국형 탱크. 경기도 연천. 2009
213	굉음을 내며 낮게 머리 위를 가로지른다. 경기도 연천. 2009
215	사격용 인민군 표적. 대신 우리군의 참호를 지킨다. 인천시 강화도. 2012
216~217	임진강과 한강이 만나는 곳을 조강이라 한다. 건너편이 황해도다. 경기도 파주. 2009
218	철책 근무를 준비하는 병사들. 강원도 철원. 2009
219	임무교대를 하는 병사들의 휴식. 청춘의 낭만인가? 강원도 철원. 2009
221	강화도 모 해병대 병사들. 강요된 청춘의 초상이다. 인천시 강화도. 2009
225	연평도 해상. NLL 인근의 해상 기지. 인천시 연평도. 2012
226~227	북한의 포격 지점. 연평도 공설운동장 담벼락. 인천시 연평도. 2010
229	포격으로 발화한 가옥. 맹렬한 화재의 흔적. 인천시 연평도. 2010
231	초토화된 가옥들. 북한의 포격으로 인한 폐허. 인천시 연평도. 2010
236~237	임순례 영화감독과 집과 주인 잃은 개들. 인천시 연평도. 2010
238~239	주인 없이 굶주린 개들과 순찰하는 해병. 인천시 연평도. 2010
241	연평도 앞 NLL을 따라 불법 조업을 하는 중국어선. 인천시 연평도. 2012
242~243	긴 기다림. 선주 할머니와 하루 잡은 고기를 나르는 선원들. 인천시 교동도. 2013
244~245	미술가 이수영 씨와 심청. 죽음과 바다. 인천시 백령도. 2012
246	초소 앞 낯선 풍경. 그저 대낮 해변 관광객. 인천시 백령도. 2012
249	서귀포에서 바라 본 범섬. 그리고 그 앞, 강정. 제주도 서귀포시. 2012
250~251	강정천과 바다가 만나는 곳. 미래의 해군기지 앞. 제주도 서귀포시. 2012
252	해군기지 공사를 위해 세운 가림막. 또는 은폐. 제주도 서귀포시. 2012
253	가림막 펜스에 깊이 박힌 화산암 덩어리. 저항. 제주도 서귀포시. 2012
254~255	구럼비 바위 위에 올라선 해군기지 공사장. 제주도 서귀포시. 2012
257	감시받는 땅 강정. 그 앞은 유명한 올레길. 제주도 서귀포시. 2012
258	무거운 기압. 태풍 직전의 고요한 강정마을. 제주도 서귀포시. 2012
259	태극기가 걸리는 남쪽 변경의 끝자락 강정. 영토의 확인. 제주도 서귀포시. 2012
263	화악산 중턱에서 발견한 죽음의 기호. 새벽녘의 스산함이 눈에 밟힌다. 경상남도 밀양. 2014
264~265	송전탑 반대 농성장 폭력적 강제집행 1분 전. 경상남도 밀양. 2014
267	화악산 정상 부근의 강풍과 나무들의 속삭임. 경상남도 밀양. 2014
268~269	반대 농성에 대한 경찰의 불법적인 진압. 경상남도 밀양. 2014
270	송전탑 반대자들에 대한 국가 폭력의 현장. 경상남도 밀양. 2014
271	연행되고 쫓겨나는 농성자들에 대한 경찰의 불법 채증. 경상남도 밀양. 2014
277	팽목항을 방문한 고위 공직자와 취재진들. 전라남도 진도. 2014
278~279	팽목항에서 하염없이 기다리는 실종자 가족. 전라남도 진도. 2014

280	미국에서 온 미국인 해저 수색 전문가. 아무 일도 못하고 기다린다. 전라남도 진도. 2014
281	팽목항. 해는 지고 물비늘이 돋는다. 자연은 처연하다. 전라남도 진도. 2014
282	진도 앞바다는 조용하다. 저 바다 속에 산 인간이 있다. 전라남도 진도. 2014
283	물이 빠져나가고 조금 더 자식의 곁으로 간다. 전라남도 진도. 2014
285	팽목항 대합실은 정보가 장악했다. 우리는 보여주는 것만 믿는다. 전라남도 진도. 2014
286~287	희생자 분향소 앞에서 유족들이 시위한다. 이것이 대체 뭐냐고? 경기도 안산. 2014
288~289	노란 풍선들이 희생자 수만큼 하늘로 날아간다. 경기도 안산. 2014
290	진실을 알아내는 것 역시 피해자의 몫인가? 경기도 안산. 2014
291	이 아이들의 죽음은 정부, 국가의 책임이다. 경기도 안산. 2014
293	죽음의 진실을 알고자 하는 시민들이 책임을 물어야 할 곳. 서울 시청 앞. 2014
296	시청 분향소 앞을 휘젓고 다니는 청년 우익들. 서울 시청 앞. 2014
297	군복 입은 우익들. 피해자의 침묵과 정부의 책임 없음을 주장한다. 서울 광화문. 2014
299	안산 단원고 2학년 6반 아이들과 선생님. 그리고 그 아비. 서울 여의도. 2014
300~301	안산에서 걸어 여의도 국회까지 가는 생존 학생들. 서울 여의도. 2014
302	세월호 책임자 처벌을 요구하는 시민. 서울 종로. 2014
303	유가족들의 단식과 특별법 요구 시민. 서울 광화문 광장. 2014
304~305	어느 날 눈물처럼 떨어진 꽃잎. 세월은 무심히 흐른다. 경기도 안산. 2014
306~307	단원고 정문 앞. 아이들이 좋아하는 것, 사랑하는 것, 또는 전부. 경기도 안산. 2014
309	참사를 기억한다는 것. 달라진 시공간을 살아가야 한다는 것. 서울 마포대교. 2014
310~311	팽목항 하늘에 별들. 전라남도 진도. 2014